KB272277

우리들의 집밥

우리들의 집밥

우리들의 집밥

9인 9색 엄마의 밥상 같은
36가지 집밥

권혁희

김경민

김부선

김은경

신지현

유재숙

유정임

이현이

정인숙

스토리닷

차례

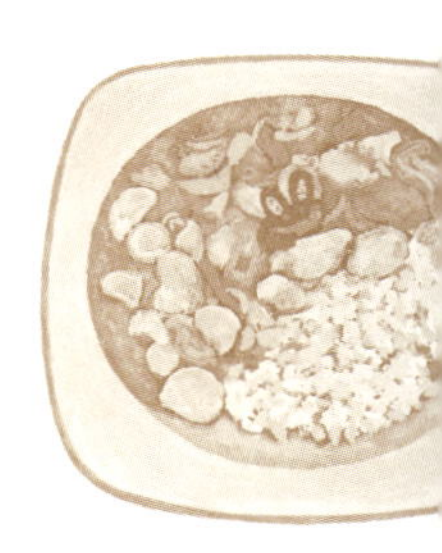

밥 짓듯 글을 짓다

9년 전, 나에게 양주행 1호선 전철은 교통수단이 아니었다. 매주 한 번 떠나는 작은 여행이었다. 목동역에서 양주역까지, 창밖의 풍경을 감상하며 수강생들을 만날 생각을 하면 설렜다. 도서관 강의실에 옹기종기 모여 앉은 그녀들은 대부분 글쓰기를 평생의 숙제처럼 여겼다. 잊고 살았던 자신의 언어를 다시 만난다는 사실에, 모두 소풍 나온 소녀들처럼 들떠 보였다. 나는 그녀들과 어떤 날은 삶의 굴곡진 이야기를 나눴고, 어떤 날은 투박한 문장을 함께 고쳤다. 글 속에는 미처 발견하지 못했던 자신과 남편과의 저녁 식탁, 아이들과의 하루가 있었다. 글쓰기 수업이었지만, 우리가 나눈 것은 따스한 밥상 같은 이야기였다.

그녀들은 수업이 끝나고도 흩어지지 않았다. 매일 글을 쓰고, 한 달에 두 번씩 모여 서로의 글을 읽으며 고개를 끄덕였다. 지치지 않고 글을 쓰더니 문집을 다섯 권이나 냈다. 그 꾸준함이 마침내 정식 출간이라는 결실로 이어진 것이다. 생각해 보면, 글을 짓는 일은 밥을 짓는 일과 몹시 닮았다. 매일 거르지 않아야 하고, 지극한 정성을 들여야 하며, 결국에는 소중한 누군가를 위하게 된다는 점에서 그렇다. 그녀들은 쌀을 씻으면서 마음의 단어를 골랐을 테고, 찌개가 끓는 동안 서툰 문장을 다듬었을 것이다. 매일 밥상을 차리듯 글을 차려내고, 한 끼 식사하듯 한 편의 글을 완성해 온 그녀들의 시간. 그 시간이 차곡차곡 쌓여 아홉 명의 색깔이 담긴 《우리들의 집밥》이 탄생했다.

이 책에는 사계절의 정겨운 맛이 펼쳐진다. 봄날의 쌉싸름한 두릅숙회부터 여름의 시원한 미역오이냉채, 가을의 구수한 고구마줄기볶음과 겨울의 따끈한 호박죽까지. 하지만 여기 담긴 것은 단순한 레시피가 아니다. 음식을 매개로 길어 올린 사람들의 이야기와 그리움이다. 송편을 보면 함께 빚던 엄마가 생각나고, 손칼국수를 먹으면 아버지가 떠오른다. 미역국에는 생일마다 남편이 끓여주던 맛이 배어있고, 오빠가 만들어주던 짜장면에는 잊혀진 계절이 담겨 있다. 엄마의 손맛이 그대로 배어있는 여동생, 화롯불에 김치찌개를 끓이던 고모……. 음식은 사람을 부르고, 사람은 문장이 되어 다시 살아났다. 어쩌면 집밥이란 음식이 아니라 우리가 사랑하는 사람의 이름에 더 가까운지도 모르겠다.

9년 동안 글을 놓지 않은 그녀들의 뚝심에, 밥 짓듯 글을 지어온 그 정성에 박수를 보낸다. 그리고 이 책을 펼칠 독자들에게, 그녀들의 밥상에 앉아주셔서 고맙다는 말을 전하고 싶다. 책을 덮을 때쯤이면 독자 여러분

도 알게 될 것이다. 진짜 배고픔은 마음에서 온다는 것
을. 그 허기진 마음을《우리들의 집밥》이 한 숟가락씩 채
워주었다는 것을. ↘ 김재용《내가 좋아하는 것들, 쓰기》

봄

아이들이 소풍 갈 때마다 김밥을 쌌다. 당근을 먹이고 싶거나 우엉을 먹이고 싶어도 김밥을 쌌다. 딸 생일이 학기 초여서 매년 생일 파티를 준비할 때도 김밥을 쌌다. 생일 음식에 미역국은 없어도 김밥은 늘 주메뉴였다. 돼지갈비와 잡채도 하고 과일을 곁들여 딸 친구들을 초대해 생일 파티를 했다.

평소 김밥은 늘 새벽에 쌌다. 가게를 하느라 집에서 보내는 시간이 많지 않아서 새벽에 김밥을 싸서 아침으로 먹이고 학교에 보냈다. 남은 김밥은 저녁에도 먹을 수 있었다. 당근과 시금치, 우엉이 아이 손가락 크기만

큼씩 들어갔고 날들기름과 깨를 반 컵씩 넣은 영양 가득
한 김밥이었다.

　오랜 세월이 흘러서 결혼한 딸의 해산일이 가까워졌
다. 며칠 전부터 김밥을 먹이고 싶었다. 딸은 출산 휴가
가 석 달이다. 아이를 낳고 하루라도 아이랑 시간을 더
보내려고 유도 분만 날짜를 잡고도 출산 직전까지 남산
처럼 나온 배로 근무했다. 내가 검진을 받으러 병원에
갔던 날, 배부른 간호사를 보고 딸 같아서 얼마나 오래
바라봤는지 모른다. 유도 분만하기로 한 전날 아침, 진
통이 시작됐다. 딸은 병원으로 가고 나는 얼른 김밥을
준비했다. 딸이 진통하는 동안 김밥을 싸서 병원으로 달
려갔다. 아이 낳느라 수고한 딸에게 김밥을 내밀었다.
엄마의 사랑과 칭찬도 함께. 사위도 김밥을 얼마나 잘
먹던지 아기 낳느라 고생한 사람보다 더 잘 먹었다.

　아이들이 손주들을 데리고 오는 주말, 점심으로 김밥
을 준비했다. 쉽게 할 수 있을 줄 알았는데 토요일 밤늦
게까지 시금치를 삶고 우엉을 조리고 재료들을 다 썰어
놓았다. 주일에 교회에 다녀와서 손주를 재우고 김밥을

시작했다. 손주들 먹는 꼬마 김밥은 은근히 손이 많이 간다. 젊어서는 두 시간이면 재료 준비하고 밥을 해서 김밥을 쌀 수 있었는데, 이제는 시간이 훨씬 더 걸린다. 음식을 만드는 데 걸리는 시간으로 나이를 느낀다. 손과 몸이 기억해도 음식은 결국 머리가 필요한 것 같다. 나는 어른 김밥을 싸고 딸이 꼬마 김밥을 쌌다. 손주들이 둘러앉아 김밥을 먹는 모습을 보며 나도 모르게 환하게 미소 짓는다.

소울푸드가 있다. 내게도 영혼을 채우는 회복의 음식이 있다. 식빵을 구워 꿀을 바르고 건강하게 익은 아보카도 올린 샌드위치. 손바닥보다 작은 조기는 한 번에 여덟 마리까지 구워 먹어봤다. 콩나물과 양배추로 국수보다 많은 채소를 올린 부추 국수는 시간이 되면 혼자 식당에 가서도 먹는다. 그리고 김밥이다. 아이들을 위해 만들어 주던 김밥을 이젠 내가 힘이 필요한 날이면 가게에 가서 사서라도 먹는다.

손주가 낮잠을 자고 있다. 어제 먹던 돼지갈빗살을 발라 당근, 호박, 양파, 표고버섯을 볶아서 밥을 비벼 김밥을 말아놔야겠다. 요즘 내가 하는 모든 음식은 손주로 흘러간다. 어른의 음식을 손주가 먹고, 손주 음식을 하면서 어른 것도 준비한다. 달걀을 부치고, 당근을 채 썰어 볶고, 동치미를 길게 썰어 깻잎순장아찌와 접시에 담아 놓고 새로 짜온 들기름에 밥을 비벼 그릇에 담아 주면 자른 김을 놓고 각자 김밥을 싸서 먹는다.

겨우내 베란다에서 추위를 견딘 대파에 먼저 봄이 왔다. 싱싱한 초록 대파를 송송 썰어 간장, 들기름, 참깨, 고춧가루를 넣고 양념장을 만들어서 새로 한 밥을 곱창김에 싸 먹는 김밥도 있다. 고춧가루를 넣지 않으면 손주들도 좋아한다.

김밥을 먹고 싶은 날이 있다. 그런 날은 여기저기서 김 냄새가 난다. 그 냄새가 나를 김밥으로 이끈다. 이제는 나를 위해 김밥을 싼다. 그리고 아이들을 부른다. 김밥 먹으러 오라고. 아이들이 알아주면 좋겠다. 김밥을 싼 날은, 엄마에게 위로가 필요한 날이라는 걸.

↘ 김은경

김밥

재료 4인분

쌀 3컵

구운 김밥 김 10장

달걀 4개

당근 2개

시금치 2단

우엉 한 봉지(2뿌리)

사각 어묵 5장

김밥 햄 1개(10줄)

노란 통단무지 1개

양념

간장, 돌기름, 천일염, 참깨, 꿀이나 설탕

1. 쌀을 씻어 30분 불린 후 밥을 해요.

2. 우엉을 필러로 벗겨서 10cm 길이로 채 썰어 물 500ml,
   간장 2큰술, 꿀을 조금 넣어 국물이 없어질 때까지 졸여요.

3. 달걀을 풀어 소금을 조금 넣고 부쳐서
   1cm 폭으로 길게 썰어요.

4. 시금치를 삶아서 소금과 참기름으로 무쳐요.

5. 당근을 채칼로 썰어 기름에 볶으며 소금으로 간해요.

6. 어묵을 달걀 두께로 자르고 햄을 잘라 물, 간장, 꿀을 조금
   넣고 졸여요.

7. 단무지를 햄 두께로 잘라요.

8. 밥을 퍼서 볼에 담고 들기름, 천일염, 깨를 넣고 비벼요.

9. 김에 밥을 최대한 얇게 펴고 재료들을 10등분 해서
   듬뿍 올려 김밥을 싸요.

Tip

1. 김밥은 차게 먹을 수 있으니, 밥은 평소보다 물을 조금 더 넣고
   뜸을 조금 더 들여요.

2. 우엉을 조릴 때 흑설탕을 넣어 색을 진하게 할 수 있어요.

3. 시금치 삶을 때는 끓는 물에 시금치를 넣고 30초 후에 건져요.
   오래 두면 안 돼요.

4. 어묵과 햄은 간장과 꿀을 넣어 간이 조금 달아야 김밥이 맛있어요.

우린 매 순간 선택을 해야 한다. 어떤 옷을 입지? 어디로 가지? 무엇을 하지? 하지만 가장 많이 고민하고 선택해야 하는 건 먹는 것에 대한 문제가 아닌가 싶다. '오늘은 뭐 해 먹지?' 주부라면 수없이 던지는 질문일 것이다. 혼자라면 간단히 해결하거나 한 끼 정도는 건너뛸 수도 있을 텐데, 챙겨야 할 식구들이 있으면 매번 그럴 수 있나. 아이들이 어릴 때는 그나마 좀 나았다. 좋아할 만한 한그릇 요리를 해주면 되었으니까. 하지만 아이들이 자라 개인 식성이 뚜렷해지면서 갈등이 생겼다. 서로 양보하지 않고 자기가 먹고 싶은 걸 이야기하면 정말 난

처했다.

어느 주말 아침, 아이들에게 무엇이 먹고 싶은지 물어봤다. 큰아이는 오므라이스, 작은아이는 김치볶음밥이 먹고 싶다고 했다. 큰아이는 어릴 때 먹었던 담백한 오므라이스를 생각했을 테고, 작은아이는 살짝 매콤한 게 당겼을 테다. 의견을 하나로 통일시키려 할 때 아이들과 읽었던 그림책 이야기가 떠올랐다(내용은 기억나는데 제목은 생각이 나질 않는다).

주말에 엄마가 집을 비우고 아빠와 두 딸이 시간을 보내는 상황이었다. 언니는 김치볶음밥을 해 달라고 하고 동생은 오므라이스를 해 달라고 떼를 썼다. 난감해하던 아버지는 주방에 들어가더니 무언가 열심히 만들었다. 달걀이 입혀진 모양을 보고 실망한 언니는 한입 먹어 보고는 이내 활짝 웃었다. 겉은 오므라이스지만 속은 김치볶음밥이었던 것. 언니는 아빠를 보며 "아빠, 최고!"라고 외쳤다. 두 딸의 마음을 다 헤아린 아빠에게 적지 않은 감동을 했었다.

그동안 나는, 큰아이에게 양보를 바라거나 가위바위

보로 결정을 내림으로써 한 사람의 마음을 포기시키거나 다음 기회로 미루었다. 그날(그림책 이야기가 생각난 날)은 아이들에게 '김치볶음밥오므라이스'를 해 주겠다고 했다. 아이들은 둘 다 고개를 끄덕였다. 겨우내 먹고 남은 신김치를 가위로 잘게 잘랐다. 팬에 기름을 두르고 잘게 자른 김치를 달달 볶았다. 시큼한 김치가 식욕을 돋우었다. 3인분의 밥을 넣고 김치와 잘 섞이도록 나무주걱으로 저었다. 김치와 밥을 고르게 섞은 다음 참기름을 두르고 통깨를 뿌렸다. 금방 김치볶음밥이 완성되었다.

다음으로, 김치볶음밥을 감쌀 달걀을 부칠 차례다. 그릇에 달걀 여섯 개를 풀고 소금으로 살짝 간을 했다. 팬에 기름을 두르고 달걀을 부었다. 기름에 달걀물이 떨어지자 '차르르르' 경쾌한 소리가 났다. 넓게 펼쳐진 달걀이 익어갈 무렵, 1인분씩의 밥을 얹고 달걀이 찢어지지 않도록 조심스레 둘둘 말았다. 달걀이 잘 익도록 꾹꾹 눌러주고, 익었다 싶으면 뒤집개로 조심스레 접시로 옮겨 담았다.

어느새 세 개의 접시에 김치볶음밥오므라이스가 담겼다. 맛도 맛이지만 모양을 보는 작은아이가 얼른 한 접시를 골라 자기 앞으로 가져다 놓았다. 큰아이가 생각났다는 듯이 냉장고 문을 열어 케첩을 꺼내 왔다. 큰아이는 김치볶음밥오므라이스 위에 망설임 없이 지그재그 모양을 그렸고, 작은아이는 정성껏 하트 모양을 그렸다. 케첩 모양에서도 아이들 성격이 그대로 드러난다. 선이 분명한 직선형 큰아이와 선이 자유로운 곡선형 작은아이. 두 아이 모두 만족스럽게 접시를 비웠다. 합리적인 선택, 김치볶음밥오므라이스 때문이었다. 아니, 아이들 마음이 채워진 덕분이었다.

김치볶음밥, 오므라이스를 외치던 아이들은 훌쩍 커버렸다. 서로 먹고 싶은 걸 해달라고 떼쓸 나이도 지났고, 먹고 싶은 게 있으면 제 용돈으로 사 먹기도 한다. 먹고 사는 문제에 대한 고민은 여전히 유효하지만, 선택의 문제는 훨씬 단순해졌다. ↘ 유정임

김치볶음밥오므라이스

재료 3인분

김치

밥 3공기

달걀 5~6개

소금 조금

식용유 조금

굴소스 또는 간장 약간

참기름 1큰술

통깨 조금

케첩 조금

1. 밥 3공기를 준비해 주세요.
2. 김치를 먹기 좋은 크기로 썰어주세요.
3. 팬에 식용유를 두르고 김치가 부드러워지도록 볶아주세요.
4. 볶은 김치에 밥을 넣어 볶다가 굴소스나 간장으로
   간을 해 주세요.
5. 김치볶음밥이 완성되어 갈 즈음 참기름을 한 숟가락을 넣고
   통깨를 뿌려준 다음 한 번 더 저어주세요.
6. 달걀 5~6개를 깨서 그릇에 담고 숟가락으로 풀어주세요.
7. 달걀물에 소금으로 간을 해 주세요.
8. 팬에 식용유를 두르고 달걀물을 부어준 다음
   살짝 익혀주세요.
9. 달걀 위에 1인분씩의 밥을 넣고 달걀말이 하듯
   살살 돌려주세요.
10. 접시에 담고 케첩을 뿌려주세요.

Tip

1. 김치의 신맛이 강할 경우 설탕을 넣으면 신맛을 줄일 수 있어요.
2. 달걀을 풀 때 우유를 넣으면 식감이 훨씬 부드러워요.
3. 케첩 대신 데미그라스소스나 고추장소스를 올리면 색다른 맛을
   즐길 수 있어요.

얼마 전 <461개의 도시락>이란 영화를 봤다. 영화는 아빠와 아들 이야기지만, 웬일인지 나는 엄마가 생각났다. 학창 시절, 읍내에 있는 학교에 다니기 위해 나는 늘 첫차를 타야 했다. 이른 아침의 시작을 엄마와 함께했다. 말이 없던 엄마, 그런 엄마를 어떻게 대해야 할지 몰랐던 딸. 하지만 보온도시락통 하얀 쌀밥 위의 달걀부침, 소시지구이, 장조림, 오징어채볶음 등 내가 좋아했던 반찬은 친구들의 부러움과 엄마의 정성이 고스란히 담겨있었다.

조르륵 조르륵, 쏴아 쏴아. 새벽을 깨우는 소리. 큰딸의 방문이 열리며 화장실 물소리가 들린다. 특성화고를 졸업하고 실습으로 나간 회사에 취업이 된 딸은 두 시간 가까이 걸리는 직장에 다니고 있다. 그러다 보니 엄마인 나도 이른 아침의 시작이 익숙해져 있다. 아침은 꼭 먹고 나가야 힘이 난다는 우리 집 아이들. 빵이 아닌 밥만을 고집하다 보니 사실 힘들 때도 있다.

알람을 설정해 놓고도 후다닥 일어나기가 싫은 날이다. 무거운 눈꺼풀이 올라가기를 거부하듯 미끄러진다. 10분 뒤 한 번 더 알람이 울린다. 이른 아침 10분은 1분처럼 지나간다. 전날 저녁 메뉴를 정해놓지 않았다는 생각이 들자 손놀림이 빨라진다.

"음, 고소한 냄새." 하면서 나온 사람은 딸이 아닌 남편이다. 오늘 아침 메뉴는 주먹밥이다. 남편이 접시에 담고 있는 주먹밥을 하나 집어 먹는다. "맛있다!" 하면서 다시 손을 뻗는다. 순간 "안돼! 세연이 건데." 조금 있다 먹으라고 타박한다. 한 개만 더 먹자며 투덜거리는 남편. 이럴 때면 아이들이나 다름없다.

딸이 준비를 마치고 나오면 바로 먹을 수 있게 밥상을

차려놓고 기다린다. 버스 시간에 늦을까 싶어 서둘렀는데 안 먹고 갈까 괜히 조바심이 난다. 딸이 식탁에 앉는 순간, 부스스한 나의 모습이 아이의 눈에 비친다. 딸이 한 입, 두 입 먹을 때마다 쳐다보는 내 눈길을 느꼈는지 한마디 건넨다.

"뭘 그렇게 먹는 거 쳐다봐. 민망하게." 퉁명스러운 말이 내게 온다.

"엄마들은 원래 그래. 자식들 입에 들어가는 거 보는 재미로 살지."

맛이 어떠냐, 입에 맞느냐 묻지 않는다. 물어봐도 "응." 짧은 대답만 돌아올 뿐이라는 걸 안다. 다시 침묵이 흐른다. 우리 큰딸은 참 무뚝뚝하다. 이해한다면서도 가끔은 섭섭할 때가 있다.

한 접시 다 비우고 가방을 챙겨 향수를 '칙' 뿌리고는 집을 나선다. 중문 앞에서 딸에게 인사를 건넨다. 현관을 가득 채운 그 향기는 딸이 나가고도 한동안 나에게 투박하게 남겨진다.

"엄마, 다녀올게." 무미건조한 말투가 건너온다.

“그래, 오늘도 수고하고 잘 다녀와.”

어색하지만, 최선의 따뜻함을 묻혀 보낸다.

늘 같은 후회를 한다. 말만 하지 말고 안아줄걸. 딸은 스킨십을 좋아하지 않는다. 한번 안아주기라도 하면 쑥스러워하면서도, 가끔은 못 이기는 척 받아주기도 한다.

오늘따라 딸의 말투가 유난히 더 투박하게 들린다. 먼 길을 다니는 피곤함에서 나오는 소리이지 싶다. 말수가 적던 나의 엄마와 지금의 나, 무뚝뚝한 딸까지. 우리는 서로 닮아있다. 오늘은 아이를 출근시키고 ‘그때의 엄마처럼 나도 딸을 위해 도시락을 싸줄까?’ 하는 생각이 들었다. 가끔 편지도 써주면서 말이다. 그러면 닭살이라고 절대 하지 말라고 손사래를 칠 것이다.

도시락이 아니어도 좋다. 언젠가 무뚝뚝한 우리 딸도 아침마다 졸린 눈을 비비며 아침밥을 차려주던 엄마가 떠오를 때가 있겠지. 그 투박했던 아침들이 말보다 마음으로 전하는 사랑의 표현이었다는 것을…… ↘ 신지현

단무지주먹밥

재료 1인분

김밥용 단무지 1줄
조미김 2장
공깃밥 1공기
참기름 1작은술
깨소금 1작은술

1. 단무지를 아주 잘게 다져주세요. 칼질이 번거로우시다면 다짐기를 이용하셔도 간편하고 좋습니다.

2. 조미김을 봉지에 넣고 손으로 바스락바스락 잘게 부숴주세요.

3. 따뜻한 밥 한 공기에 준비된 김 가루와 참기름 한 작은술, 깨소금을 넣어주세요. 이때 통깨를 반만 으깨어 넣으면 고소한 풍미가 살아난답니다. 재료가 골고루 섞이도록 조물조물 잘 섞어주세요.

4. 비닐장갑을 끼고 손바닥 안에서 동글동글하게 모양을 잡아주세요. 요즘은 다이소에서 파는 '주먹밥 틀'을 활용해 흔들어만 주기만 해도 예쁜 모양이 완성됩니다.

5. 먹기 좋게 한입 크기로 주먹밥을 만들어 접시에 담아내면 맛있는 주먹밥이 완성됩니다.

Tip

1. 취향에 따라 참치와 마요네즈를 버무려 주먹밥 속에 넣거나 그 외에 여러 가지 토핑 재료(멸치볶음, 볶음김치)를 이용해 만들어 먹을 수 있습니다.

2. 주먹밥과 곁들일 음식으로 어묵국, 계란국, 된장국 등을 함께 드셔도 좋습니다.

3월이다. 코끝을 스치는 차가운 바람 사이로 어느새 따스한 기운이 스며든다. 앙상했던 가지에는 새순이 돋고, 겨우내 움츠렸던 몸과 마음도 기지개를 켤 준비를 한다. 나물 코너에 놓인 갖가지 봄나물이 눈에 들어온다. 그중 달래 한 봉지를 집어 든다. 달래라는 이름은 겨우내 얼었던 땅을 달래서 나온다는 뜻으로 붙여졌다는데, 사실 여부를 떠나 내게는 그 이름이 유독 정겹고 다정하게 다가온다. 아마도 달래에 얽힌 추억 때문일 것이다.

초등학교 4학년 봄방학, 나는 남동생과 함께 충청남도에 있는 친가에 갔다. 방학마다 외가에서 시간을 보냈던 내게 친가는 낯선 곳이었다. 난생처음 경험하게 된 시골 생활. 그때는 그 짧은 봄방학이 내 인생에 이토록 특별한 기억으로 남게 될 줄 알지 못했다.

친가에는 할머니와 큰댁 식구들이 살고 있었다. 또래 사촌들은 모두 남자아이뿐이었지만, 나이 차가 크지 않아 어울리는 데 어려움이 없었다. 오히려 모험 가득한 시골 생활에 흥이 나 오빠와 남동생들을 따라 바다로, 산으로 천방지축 쏘다녔다.

그러다 동네의 유일한 또래 여자아이를 만났다. 이름은 '순이'. 눈도, 얼굴도 동글동글해서 마치 동그라미 같은 아이였다. 우리는 금세 친구가 되었고, 식사 시간을 제외하고는 아침부터 저녁까지 온종일 붙어 다녔다. 순이는 이름만큼이나 순했다. 낯선 곳에서 온 나를 살뜰히 챙기며, 내가 궁금해하는 모든 것을 다정하게 알려주었다.

"우리 오늘은 냉이랑 달래 캐러 가자. 호미랑 바구니 가지고 나와."

큰어머니께 달려가 호미와 바구니를 받아 들었다. 내

심장이 두근대기 시작했다. 한 번도 나물을 캐 본 적 없던 내게는 커다란 도전이었다. 이제 막 푸릇푸릇하게 싹이 돋아나는 들판에서 순이는 냉이와 달래 구분법을 가르쳐 주었다. 톱니 모양의 잎이 들쭉날쭉한 것은 냉이, 가는 잎이 한두 줄기 솟아 있고 알뿌리가 둥근 것은 달래였다.

나는 열심히 설명을 듣고 순이가 나물 캐는 모습을 지켜봤다. 냉이는 곧잘 찾을 수 있었지만, 유독 달래를 구분하는 건 어려웠다. 달래라고 자신 있게 캐보면 번번이 풀이었다.

"순이야, 나 또 풀이야!"

내가 울상을 지으면 순이는 어느새 곁으로 다가와 흙 속에 숨은 달래를 쏙 캐냈다. 도대체 어디에 숨어 있다가 순이에게만 나타나는 걸까. 달래만 찾아내는 순이가 신기했다. 보다 못한 순이는 아예 달래가 무리 지어 있는 곳으로 나를 이끌었다.

"이게 달래야. 그리고 이것도 달래고."

어느덧 날이 저물고 있었다. 집으로 돌아오는 길, 순이는 달래를 내 바구니에 전부 덜어 주었다. 가득 찬 바구니에서 흙 내음이 섞인 달래 특유의 알싸한 향이 확 올라왔다. 달래를 알아보게 된 뒤로는 매일 순이를 졸라 들판으로 나갔다.

"이제 냉이랑 달래는 그만 캐도 되겠다."

매일 같이 나물을 다듬던 큰어머니가 결국 웃으며 우리를 말리셨다. 모두가 나물 반찬에 지쳐갈 때도 순이는 단 한 번도 싫은 기색 없이 나의 동행이 되어주었다.

집으로 돌아가는 날, 순이를 찾아갔다. 눈시울이 붉어진 우리는 다음 방학에 꼭 다시 만나자고 약속했다. 그러나 그 뒤로 여러 해가 지날 때까지 나는 큰집에 가지 못했다. 어른이 되어 찾아간 그곳에서 순이의 소식을 물었지만, 고등학교 때 이사를 가버려 이제는 소식을 알 길이 없다는 대답만 돌아왔다.

마트에서 사 온 달래로 달래간장을 만들고, 갓 지은 콩나물밥을 식탁에 올리며 순이를 생각한다. 순이는 그 시절 방학마다 나를 기다렸을지도 모른다. 지금은 어디서 어떤 모습으로 살고 있을까. 그녀의 식탁에도 봄의 향기가 머물러 있기를 바란다. ↘ 권혁희

달래간장콩나물밥

재료 2인분

쌀 1컵
콩나물 200g
달래 한 줌

양념장

진간장 4큰술
고춧가루 1큰술
청양고추 1개
매실액 1큰술
다진 마늘 1/2큰술
참기름 1큰술
통깨 1큰술

1. 쌀을 씻어 평소보다 물은 약간 적게 넣어(약 90%) 밥을 해주세요. 쌀 씻은 물은 콩나물 삶을 때 쓰니 남겨 두세요.

2. 쌀 씻은 물에 천일염을 1/2큰술 넣고 깨끗이 씻은 콩나물을 넣어요.

3. 뚜껑을 닫은 뒤 불을 켜고, 물이 끓으면 2분 정도 지난 다음 불을 꺼주세요. 데친 콩나물은 건져서 식혀주세요.

4. 달래는 알뿌리의 겉껍질을 벗기고 뿌리 안쪽의 까만 돌기를 제거해요.

5. 물 1L에 식초를 1큰술 섞어 손질한 달래를 3분 동안 담가요.

6. 흐르는 물에 달래를 헹궈서 송송 썰어주세요.

7. 청양고추는 씻어서 다지고, 진간장 4큰술, 고춧가루 1큰술, 매실액 1큰술, 다진 마늘 1/2큰술, 참기름 1큰술, 통깨 1큰술을 잘 섞어요.

8. 썰어둔 달래를 7에서 만든 양념장에 넣고 골고루 섞어주세요.

9. 갓 지은 밥을 그릇에 담아 그 위에 콩나물을 올리고 입맛에 따라 양념장을 넣어 드세요.

Tip

1. 매실액 1큰술은 식초 1작은술 + 설탕 1작은술로 대신할 수 있어요.
2. 밥을 할 때 콩나물 삶은 물로 하면 더 맛있어요.
3. 씻은 쌀 위에 콩나물을 얹어 한꺼번에 밥을 지어도 되지만, 이 경우 콩나물의 아삭한 식감이 사라질 수 있으니 주의하세요.

돌나물김치를 생각하면 돌아가신 엄마가 생각난다. 우리 엄마는 정말 음식을 잘하셨다. 그저 뚝딱뚝딱 하면 먹을 게 생겼다. 엄마 생각이 제일 많이 날 때는 봄이 되고 온 세상이 연둣빛으로 물들 때다. 어렸을 적 봄은, 놀거리와 먹을거리가 많아지던 계절이었다. 특히 뒤꼍의 장독대 옆 돌 틈 사이로 돌나물이 지천으로 깔려있었다. 담 밑으로는 가느다란 달래가 뾰족뾰족 고개를 내밀었다. 그러면 엄마는 장독대 옆 돌나물을 뜯어 돌나물김치를 만들었다. 여러 가지 넣을 것도 없이 뒤꼍에 잘 자란 달래하고 논두렁 밑의 도랑가에 돋아나기 시작하는 돌미나리를 뜯어다 돌나물김치를 담갔다.

어려서는 그게 무슨 맛인지 잘 몰랐다. 결혼 후에도 봄이면 엄마는 돌나물김치를 담가 우리에게 주셨다. 그리고 어느 때는 올케만 돌나물김치를 해 주고 내게는 "뒤꼍에 돌나물이 많으니 뜯어가"라고 하셨다. 달래도 미나리도 알아서 가져가라고 했다. 올케는 바쁘니 김치를 해 주고 나는 직장을 다니지 않으니, 네가 해 먹으라며 김치 담그는 방법을 설명해 주셨다.

그때는, 우리 엄마는 정말 이상하다고 생각했다. 다른 집들은 뭐든 딸이 우선이라는데 엄마는 뭐든 나만 시켰다. 행사가 있어 친정에 가면 엄마는 내게 청소를 시키고 불을 때라고 시켰다. 올케는 일하고 왔으니 같이 일을 하라는 것이었다. 그때는 올케가 나보다 더 우리 엄마 딸 같았다. 닮은 것도 나보다 올케가 우리 엄마를 더 닮았다. 그 당시는 그런 것도 불만이어서 나는 얻어온 딸이냐고 엄마에게 불평을 해댔다.

엄마가 돌아가시고, 나는 봄이 되면 나도 모르게 논두렁 위나 풀숲을 훑어본다. 어디에 돌나물이 돋았나,

찾아보게 되는 것이다. 지금은 옛날보다 그렇게 돌나물이 많지 않다. 물론 마트에 가면 어디든지 돌나물이 있지만 나는 마트에서는 돌나물을 사 오지 않는다. 맘속에, 돌나물은 직접 들에서 뜯어서 해야 제대로 그 향을 즐길 수 있다는 생각이 들기 때문이다.

봄이면 돌나물김치를 먹어야 봄을 제대로 맞이한다는 느낌이 드는 게 언제부터였는지는 모른다. 언제부터인가 돌나물김치에 집착하게 됐다. 어느 때는 맛있었고 어느 때는 제맛이 나지 않을 때도 있었다. 그리고 몇 번이나 돌나물을 뜯어다 물김치를 해서 이 사람, 저 사람에게 나눠 주었더니 누군가는 그 향내가 싫어서 돌나물김치를 안 먹는다고 했다. 그다음부터는 돌나물김치를 아무나 주지 못했다. 이젠 달래 대신 오이를 넣기도 한다. 미나리는 마트에서 사 온다. 논두렁 돌미나리를 구할 수가 없기 때문이다. 그래도 돌나물만은 항상 들에서 뜯어오려고 노력한다.

입맛이 없을 때 돌나물김치에 밥을 말아 먹거나 국수를 삶아 부어 먹기도 했다. 봄이 되고 따듯해지면 어린 쑥이 고개를 내밀고 땅 위에 냉이 꽃다지 꽃들이 피어나기 시작하면 돌나물도 돋아난다. 그러면 돌나물이 조금 더 자라기를 기다려 돌나물김치를 만든다. 그래야 내 봄이 무사히 지나가는 것 같은 마음이 드는 것이다.

올봄에 시댁에 가니 시어머니께서 돌나물을 잔뜩 뜯어다 놓으시고 다듬으라고 하신다. 검불과 흙과 그밖에 온갖 지저분한 것들을 떼어내며 끝도 없이 돌나물을 다듬었다. 낫으로 베어온 미나리, 달래까지 제대로 된 돌나물김치를 만들 수 있게 되었다. 그곳에서 다듬은 돌나물은 어머니에게 드리고, 나머지는 모두 바리바리 싸 들고 집으로 왔다. 그리고 거기서 다듬지 못한 미나리, 파, 달래까지 다듬어 풀을 쒀서 돌나물김치를 담갔다.

올해도 나는 온전한 돌나물김치를 먹으며 무사히 봄을 보냈다. 돌나물김치는 내가 그리워하는 엄마의 냄새이고 그리움이다. 나에게 돌나물김치 만드는 법을 알려주던 엄마 목소리가 돌나물 향기 속에 언제나 배어 있는 걸 느낄 수 있다. ↘ 유재숙

돌나물김치

재료

돌나물 한 봉지

미나리 반 단

뿌리 있는 달래 반 단

오이 1개

매실청 반 컵

마늘 1큰술

빨간 생고추 2개(고춧가루 1큰술 대체 가능)

밀가루풀 약간

1. 뜯어온 돌나물을 다듬어 여러 번 깨끗이 씻습니다.
2. 깨끗이 씻은 돌나물을 채반에 담아 물기를 뺍니다.
3. 밀가루풀을 쑤어 식혀 놓습니다.
4. 미나리, 달래, 오이도 깨끗이 씻어 5cm 간격으로 자릅니다.
5. 고춧가루 1큰술을 고운체에 걸러 고춧가루물을 만듭니다.
6. 쑤어놓은 풀에 고춧물을 섞어주고 매실액, 마늘을 넣고
   소금 간을 합니다.
7. 돌나물, 미나리, 달래, 오이를 김치통에 넣고 소금으로 간한
   고춧물을 부어줍니다.
8. 자작하게 물을 맞춰주고 조금 짭짤하게 간을 맞춥니다.
9. 하루 정도 상온에서 익히고 김치냉장고에 넣어줍니다.

일을 마치고 간단히 장을 보러 채소 가게에 들렀다. 채소와 과일들이 값싸고 싱싱해 늘 손님들로 북적이는 곳이다. 봄나물과 함께 두릅이 눈에 들어온다. 예전의 나라면 거들떠보지도 않았을 채소.

계절마다 엄마는 농사지은 먹거리를 택배로 보내셨다. 딸과 손주들 먹일 생각에 골고루 담으셨는데, 늘 조금만 보내시라 말해도 택배는 무겁기만 했다. 그런 어느 해 봄, 택배 상자에 살짝 데쳐서 얼린 두릅이 들어 있었다. 한 번도 먹어 보지 않아 낯설고 반쯤 녹아 물컹하고 색도 이상해 그대로 냉동실에 넣고 엄마에게 전화했다.

“엄마, 두릅이 어디서 났어?”

“어, 나무 얻어다 심었지. 너 먹어 보라고……..”

스무 살에 시집와 여덟 살 차이 나는 아버지 건강을 먼저 챙기던 엄마는 정말 부지런하셨다. 시동생 넷을 장가보내고 농사지은 것들을 잘 나누며 맏며느리로 형제 우애를 지킨 것도 엄마의 넉넉함 덕분일 것이다. 봄부터 가을까지 쉼 없는 농번기는 물론 농한기에도 절기에 맞춰 간장, 된장을 담그고 김장을 하고 동네 부녀회원들과 강정을 만들거나 마을회관 어른들 점심을 챙기며 바빴다.

엄마가 만든 수많은 음식과 만들던 과정들이 기억난다. 긴 홍두깨로 밀어 만든 콩칼국수, 몽글몽글한 콩물을 굳혀 만든 손두부, 도토리를 주워 말리고 껍질을 벗기고 가루 내어 물을 부어 면포에 짜내고 그 물을 저어가며 만든 도토리묵, 식혜와 동동주, 팥이 듬뿍 든 찹쌀떡, 과정이 길고 복잡한 유과, 매년 해 주시던 호박범벅과 팥죽 등 그 어느 것 하나 쉽게 만들어지지 않는 음식들이다.

엄마는 자식 사랑도 깊었다. 매를 들거나 크게 소리친

적 없고 무언가 크게 요구하는 법도 없었다. "철들면 공부한다"는 친척 오빠의 말에 우리에게 공부하라 다그치지 않았다. 밥을 먹고 나서도 우리를 살찌우는 것이 소원인 것처럼 자꾸 간식을 내어오셨다. 그런 엄마를 내가 애태우게 한 일이 있었는데, 타지에서 대학을 다녀 주말마다 밤늦게 집에 온 것이다. 집이 버스에서 내려 30분 걸어야 하는 시골이라 엄마가 버스 정류장까지 마중 나오곤 했다. 내가 언제쯤 버스에서 내릴지 알 수 없으니 하염없이 나를 기다리셨을 것이다. 어두운 길에 혼자 걸어가고 있으면 반가움이 섞인 목소리로 엄마가 "숙이가?" 하고 부르며 나타나기도 했다. 내 얼굴이 무기라며 나오지 마시라 해도 걱정을 매단 걸음이 매번 나를 마중 나왔다.

두경부암으로 곱던 얼굴을 잃고 말하는 것도 힘들게 10년을 고생하다 돌아가신 엄마. 엄마의 힘듦을 좀 더 생각해야 했는데, 아이들 옷을 사라고 돈을 주시면 나는 직접 사달라고 졸랐다. 엄마가 당당했으면 좋겠다고, 나는 엄마의 모습이 아무렇지도 않다는 걸 증명이라도 하고 싶은 듯이. 그러나 엄마가 얼마나 곤혹스러웠을지,

돌아가신 후에야 그런 생각이 들었다.

사춘기 자식을 키우면서 가끔 엄마 생각을 한다. 내가 받은 사랑과 존중만큼 나는 아이들에게 전하지 못하는 것 같다. 그래서일까. 착했던 아이들이 변한 모습에 당황할 때가 한두 번이 아니다. 방은 어지럽고 말에는 가시가 있고, 한껏 인상을 찌푸리고 예의 없이 말대꾸하는 아이를 볼 때마다 세상에서 제일 어려운 게 자식 키우는 일 같다. 그래도 시간이 흘러 차갑기만 하던 아이의 말에 온기가 돌고 나를 보는 눈매가 부드러워지는 걸 보며 자식은 기다려야 한다는 걸 알게 된다. 나를 기다려준 엄마처럼.

두릅을 볼 때마다 엄마 생각이 난다. 냉동실에 넣어둔 두릅을 그냥 버렸는데, 꼭 엄마 사랑을 버린 것 같아 미안해서다. 두릅은 줄기에 붙어있는 가시와 시들어진 부위를 떼고 잘 씻어 끓는 물에 데치면 예쁜 초록색이 된다. 물기를 짜내고 초고추장에 찍어 먹으면 쓴맛이 있어 입맛이 돋는다. 쓴 인생에도 살아갈 맛이 나는 법이라고 말해주는 듯. ↘ 정인숙

두릅숙회

재료

두릅 1팩
물 1L
소금 1/2큰술

양념장

고추장 2큰술
다진 마늘 약간
식초 1큰술
설탕 1큰술
참기름 약간
통깨 약간

1. 두릅 밑동을 자르고 떡잎을 떼어내요.
2. 가시가 있는 줄기는 찔리지 않게 조심하며 칼로 살살 긁어내요.
3. 말랐거나 색이 변한 잎은 떼어 주고 물에 두 번 정도 씻어 주세요.
4. 끓는 물에 소금 1/2큰술을 넣고 두릅 줄기부터 천천히 넣고 30~40초 정도 데쳐 주세요.
5. 데친 두릅을 건져 찬물에 식혀요.
6. 손으로 쥐어 물기를 짜고 살살 펼쳐서 접시에 담아 양념장에 찍어 먹어요.

Tip

1. 참두릅은 데치면 가시가 연해지니 가시를 완벽하게 제거하지 않아도 돼요.
2. 두릅을 데칠 때 소금을 넣지 않아도 괜찮아요.
3. 양념장은 시중에 판매되는 제품을 사서 다진 마늘과 통깨, 참기름을 넣어도 좋아요.

교통사고 이후, 나는 먹는 법부터 잊어버렸다. 몸의 통증보다 먼저 찾아온 것은 마음의 허기였고, 무엇을 삼켜도 명치끝에 돌덩이를 얹은 듯한 답답함이 가시지 않았다. '먹는 즐거움'이 사라진 자리에 남은 것은 무거운 체기와 좀처럼 가라앉지 않는 무력감뿐이었다.

죽을 몇 숟가락 뜨다 내려놓기를 반복하던 어느 날, 더는 이 상태로는 안 되겠다는 생각이 들었다. 남편도 고기를 조금이라도 먹어야 한다며 등을 떠밀었다. 그렇게 우리는 함께 마트에 갔다. 얇게 썬 소고기와 양파, 숙주, 당면, 대파를 장바구니에 담았다.

남편은 원래 고추장을 듬뿍 넣어 볶아낸 매콤한 빨간 돼지 삼겹살을 가장 좋아한다. 하지만 고춧가루 알레르기가 있고 장이 예민한 나를 위해, 그는 자신의 취향을 뒤로 미뤄둔다.

짭조름하고 달큼한 간장 양념이 밴 소고기 위로 아삭한 숙주나물이 산처럼 쌓인다. 물에 불린 당면을 살짝 넣자 지글거리는 소리와 함께 숙주의 숨이 죽고, 고기 향이 부엌을 채운다. 부드러운 소고기를 깻잎에 싸 한입 베어 무는 순간, 사고 이후 닫혀 있던 식욕의 문이 아주 조금 열린다. '맛있겠다'는 감각이 오랜만에 나를 찾아온 것이다.

남편은 젓가락으로 소고기 한 점을 집어 내 밥숟가락 위에 올려주며 말한다.

"난 사실 소고기보다 돼지고기가 더 좋아. 많이 먹어."

그 말이 핑계라는 것을 알면서도, 나는 아무 말 없이 웃으며 고기를 씹는다. 그 맛이 어찌나 좋은지, 내가 몇 점 먹기도 전에 아들은 한입 가득 고기를 넣는다. 고기를 좋아하는 남편과 아들은 나를 위한다는 명분으로 작은 고기 잔치를 벌인다.

하지만 회복의 기쁨에는 늘 대가가 따른다. 고기를 과하게 먹은 다음 날이면 어김없이 체기가 올라와 가슴이 답답해진다. 따뜻한 매실차가 소화에 좋다는 것을 알면서도, 속이 꽉 막힌 듯 트림이 멈추지 않으면 평소엔 찾지도 않던 차가운 사이다가 간절해진다. 그때 내 상태를 눈치챈 남편이 냉장고에서 사이다 한 캔을 꺼내 오며 툭 던진다.

"참지 말고, 그냥 먹고 아프지 말아."

의학적으로는 틀린 말일지 몰라도, 그 한마디는 사이다보다 더 시원하게 내 마음의 답답함을 뚫어준다. 참았던 웃음이 새어 나온다. 창밖을 보니 차가운 겨울바람은 물러가고 봄의 기운이 스며들고 있다. 굳어 있던 대지는 풀리고, 화단의 벚나무에는 초록빛 새싹이 조심스레 고개를 내민다. 계절이 그러하듯, 나의 몸과 마음도 조금씩 제자리를 찾아가는 중이다.

그 사랑을 동력 삼아 나는 오늘도 숟가락을 든다. 따

스한 봄볕이 거실 깊숙이 들어와 우리 부부의 식탁을 비춘다. 말없이 마주 앉아 웃는 이 순간이 얼마나 귀한지, 사고를 겪고 나서야 비로소 알게 되었다.

우리는 서로의 부족함을 채우고, 아픔을 다독이며 잘 먹고 잘 웃으며 봄의 한복판에 있다. 아삭한 식감은 내가 아직 살아 있다는 증거이고, 달큼한 끝맛에는 우리가 함께 견뎌온 시간의 깊이가 스며 있는 것 같다. 앞으로 맞이할 노년의 시간에도 이렇게 서로의 안녕을 먼저 묻는 삶이기를, 나는 조용히 소망해 본다.

봄 햇살을 받으며 남편은 말한다.

"열 살 어린 부실한 당신 책임지려면 오래 살아야겠네. 지금도 손이 많이 가는데."

나는 헤실거리며 대답한다.

"그러니까 나 혼자 남겨 두지 말고, 당신도 오래 살아야지. 내 덕분에 오래 살 이유가 생긴 거네. 그렇지?"

꽃 한 송이 건네는 법은 없지만, 그의 사랑은 꽃보다 아름답다. ↘ 김경민

숙주소불고기볶음

재료 4인분 기준

소고기 불고기용 600g

숙주나물 400g

당면 100g

표고버섯 5송이

양파 1개

대파 1대

양념장

진간장 6큰술, 배 음료 6큰술, 매실액 1큰술

다진 마늘 1큰술, 참기름 1큰술

생강 약간, 통깨 1큰술, 후추 약간

1. 소고기는 키친타월로 눌러 핏물을 살짝 제거합니다.
   핏물을 잘 빼야 잡내가 없습니다.

2. 준비한 양념장에 고기를 넣고 조물조물 버무려 10~20분
   정도 재워둡니다.

3. 당면을 물에 불립니다.

4. 양파는 채 썰고, 대파는 어슷하게 썹니다. 버섯이 있다면
   먹기 좋은 크기로 찢어둡니다.

5. 숙주는 찬물에 깨끗이 씻어 물기를 뺍니다.

6. 팬을 달군 뒤 기름을 아주 살짝만 두르고 (고기 지방이 적을 경우),
   밑간한 소고기를 먼저 넣고 중불에서 볶습니다.

7. 고기 색이 변하기 시작하면 양파와 버섯을 넣고 함께
   볶아줍니다.

8. 고기가 거의 다 익었을 때, 불을 강불로 올리고
   준비한 숙주를 산처럼 쌓아 올립니다.

9. 숙주가 숨이 너무 죽지 않도록 딱 1~2분만 빠르게
   뒤섞으며 볶아줍니다.

10. 마지막에 대파를 넣고 참기름 한 방울을 둘러
    마무리합니다.

Tip

1. 숙주를 너무 오래 볶으면 물이 나오고 식감이 질겨집니다.
2. '숨이 살짝 죽었다' 싶을 때 불을 꺼야 잔열로 딱 알맞게 익습니다.
3. 설탕 대신 배즙이나 사과즙을 넣으면 고기가 훨씬 부드러워져
   소화에 도움이 됩니다.
4. 장이 예민하시다면 조리 시 식용유 사용을 최소화하고, 고기 자체의
   수분과 채소에서 나오는 즙으로 볶아내는 것이 좋습니다.

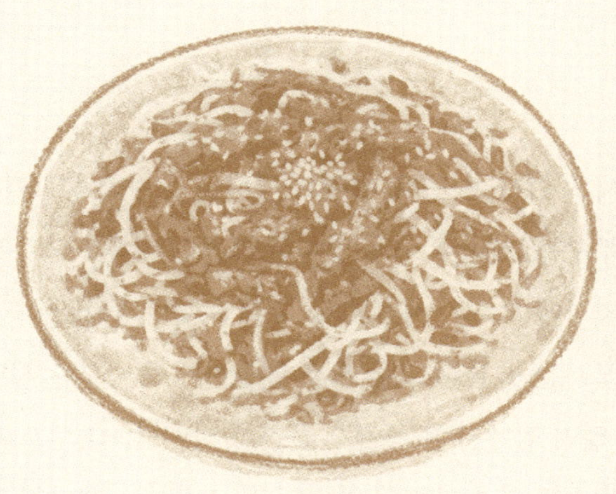

새로 이사 온 동네 아파트 앞산이 우리를 불렀다. 우리 부부는 이사 후 처음 맞이한 계절인 여름부터 주말이면 앞산에 오르기 시작했다. 우거진 잡목과 어우러진 이름 모르는 풀들과 그들 위로 훤칠하게 솟아오른 활엽수는, 멀리 집에서 본 풍경도 물론 좋았지만, 숲 안으로 들어가니 또 다른 매력이 물씬했다. 가을에는 들국화가 흠뻑 피어서 산 입구 쪽 넓은 언덕을 온통 노랗게 물들였다. 진한 향이 코끝에서부터 시작해 몸 안으로 깊숙이 들어와 정화해 주는 느낌이었다. 한겨울 큰 눈이 펑펑 내리는 날에도 우리 부부는 산에 올랐다. 크고 탐스러운 눈발이 자꾸 눈 안으로 들어왔지만, 소나무 아래 하얗게 쌓인 눈은 근사한 한국화 한 폭 같았다.

그렇게 해가 바뀌어 봄이 왔다. '진달래꽃 따다가 화전이나 부쳐 먹을까?' 하면서 우리는 집을 나섰다. 산책로를 벗어나 산 입구로 난 오솔길을 걷고 있는데 어느새 제법 자란 쑥이 발치에 삐죽이 올라와 있었다. 걸음을 멈추고 쑥을 뜯어 향을 맡았다. 자세히 보니 근처에 쑥이 많았다. 길 양옆으로 넓게 펼쳐져 있었다. 봄 햇살을 받아 뽀얀 빛을 발산하면서 그렇게. 나는 가던 길을 벗어나 쑥밭이나 다름없는 곳으로 들어섰다. 벌목한 나무 그루터기와 쌓아놓은 나뭇가지 근처에 자라난 쑥은 더 탐스러웠다. 맨손으로 쑥을 뜯기 시작했다. 보드랍고 따스한 촉감에 이어 쑥 향이 살짝 나기 시작하더니 이내 진동했다. 가던 길이나 가자고 재촉하는 남편을 세워 둔 채로 뜯은 쑥이 한 줌이 되었다.

"쑥국 끓여 줄게."

"그래? 쑥국 좋지!"

진달래꽃을 따려고 준비한 봉지에 쑥을 담았다. 산에

오르는 내내, 특히 가파른 곳마다 진한 쑥 냄새가 콧속으로 훅 들어오면서 생기를 불어넣어 주는 느낌이었다. 내려오는 길에도 온통 그 향에 사로잡혀서 다른 생각할 틈이 없었다. 집에 오는 내내 쑥물이 든 손가락에서 퍼지는 쑥 내를 만끽했다.

다음 주말과 그다음 주말에도 우리는 등산 가는 대신 쑥을 캐러 갔다. 남편이 캐는 양도 갈수록 많아졌다. 그즈음 우리 식탁은 한동안 쑥 향으로 가득했다. 처음에는 국으로만 즐기다가 차츰 전으로도 만들어 먹기 시작했다. 쑥버무리가 먹고 싶다는 남편의 은근한 부탁이 있었지만, 초보 주부인 내겐 도전하기 불가능한 영역이었다. 향긋한 국과 전만으로도 고향에 대한 그리움을 달래는 기분이 들었다.

어렸을 때 어머니는 봄부터 가을까지 손이 열 개라도 모자랄 정도로 항상 바빴다. 그렇게 바쁜 와중에도 틈을 내어 쑥개떡을 쪄 주면 어찌나 맛있던지. 언니, 오빠가 도시로 떠났을 때는 쟁반 통째로 내 몫이 되기도 했다. 가마솥에서 뜨거운 떡 쟁반을 꺼내놓고 김이 모락모락 나는 떡을 칼로 자르고 있는 어머니 모습과 그 앞에서 침을 흘리고 있는 내가 보이는 듯하다. 100세를 바라보는 어머니는 이제 더 이상 내게 쑥개떡을 만들어주지 못한다. 그럼에도 나는 쑥을 만지고 향을 맡는 것만으로도 여전히 어머니가 손수 만든 음식을 먹고 있는 듯하다.

그 맛있던 쑥개떡 대신에 도시에서 보물처럼 발견한 쑥으로 만들어 먹는 전이 참 많은 걸 생각나게 했다. 하늘나라로 떠나서 지금은 만날 수 없는 친구와 같이 쑥을 캐러 다니던 봄날의 고향 밭두렁과 논두렁. 겨우내 찬바람과 눈을 견디며 버티다가 따듯한 햇살을 향해 맘껏 솟아오르던 냉이, 달래, 돌나물, 씀바귀 같은 봄나물 향도 어느새 코끝에 와있다. 쑥이 이 정도 컸으니 다른 종류의 이른 봄나물도 얼마나 컸을지 짐작할 수 있다. 이제 한 해 농사를 시작했을 고향 친구들의 부모님도 눈에 선하다. ↘ 김부선

쑥전

재료 2인분

봄쑥 두 세줌

밀가루 한 컵 반

부침가루 반 컵

건새우 한 줌

작은 양파 1개

마늘 1톨

달걀 1개

소금 조금

물

양념

진간장 1스푼, 식초 1스푼, 통깨 1/2스푼

1. 밀가루 또는 부침가루에 물을 조금씩 부어가면서 반죽
   합니다. 너무 묽거나 너무 되직하지 않게 주의하세요.
   부침가루를 추가하는 것은 바삭함을 위해서예요.
   양파와 다진 마늘 반 스푼과 달걀 한 개 그리고 맛있는
   천연소금 반 스푼을 넣어요.
   좀 더 부드러운 맛을 좋아한다면 달걀을 2개 넣어요.
   부침가루만으로 반죽하면 마늘이나 달걀 또는 소금이 필요
   하지 않아요. 마지막으로 쑥을 넣어 반죽을 마무리해요.
   쑥을 마지막으로 넣는 것은 여린 쑥이 너무 으깨어지지
   않도록 하기 위해서예요.

2. 중불에 예열한 팬에 기름을 골고루 두르고 5초 정도 후에
   반죽을 올려요. 건새우를 뿌려줘요. 전의 바깥 부분으로부터
   1cm 정도 노릇하게 익으면 뒤집어요. 뒤집은 다음 약 10초 후에
   반죽이 살짝 익었다 싶을 때 팬을 흔들어 보아요.
   전이 바닥에 붙어있지 않은 걸 확인한 후에 뒤집개 바닥으로
   골고루 눌러서 잘 익히면 돼요. 뒤집힌 면이 노릇노릇 잘 익은
   게 보이면 한 번 더 뒤집어서 뒤집개로 눌러주세요. 더 바싹
   익혀서 먹는 것을 선호한다면 한 번 더 뒤집어 주어도 좋아요.

3. 진간장 1스푼, 식초 1스푼, 볶은 통참깨 1/2스푼으로
   소스를 만들어 곁들여 먹으면 더 고소한 맛도 나고 소화에도
   좋아요.

엄마표 찐빵은 그리움의 실체로 내 기억 속에 자리매김하고 있다. 꿈결처럼 아련한 찐빵의 맛과 푸근한 냄새. 간식거리가 귀했던 시절의 엄마는 할아버지가 남긴 막걸리를 넣고 밀가루 반죽을 했다.

막걸리 향이 스민 반죽에 소금과 신화당을 넣어 한참을 치댔다. 그러곤 안방 아랫목 이불 속에 묻어 두었다. 한나절 지나, 반죽이 소복하게 부풀어 올랐고 겉면에는 달의 표면처럼 작은 구멍이 송송 나 있었다.

부드러운 반죽을 아기 주먹만 하게 떼어내, 엄지와 검지로 고르게 펼친 후 미리 만들어두었던 통단팥소를 넉넉히 넣고 조심스레 오므렸다. 반죽이 달라붙으면 손바닥에 식용유를 덜어 쓱쓱 문질렀다.

찜기를 화로 위에 올리고 한참 지난 후, 조금씩 김이 나면서 구수하고 달큼한 냄새가 굼실굼실 떠다녔다. 나는 뚜껑을 열어보고 싶었지만, 꾹 참았다. 한 번이라도 열면 그만큼 더디게 익는다는 엄마의 당부가 귓가에 맴돌았기 때문이다.

화롯가에 앉아 찐빵이 익어가는 냄새가 코끝을 간지럽히던 시간은 분명 달콤했다. 하지만 그 달콤함 뒤에는 기다림의 고통이 숨어 있었다. 차라리 밖에서 놀다가 다 익을 때쯤 들어오면 좋으련만, 나는 고행을 즐기는 사람처럼 냄새의 유혹에서 인내심과 겨뤘다. 아무리 잉걸불이 좋아 봤자 화롯불이다. 시간이 지날수록 점차 사위어가는 화력, 지금의 가스 불이나 전기와는 비교할 수 없이 아득한 느림이었다.

'지켜보는 냄비가 더디 끓는다'라는 속담처럼, 어서 익기를 기다리며 턱을 받치고 앉아 있었으니, 그 시간이 얼마나 길고 애가 탔을까. 이른 봄볕이 마루에 앉아 함께 기다려주었다.

맛있는 냄새를 풍긴 지 한참 지나고 뜸까지 들인 후, 드디어 뚜껑이 열렸다. 갇혀 있던 하얀 김이 한꺼번에 쏟아져 나오며, 나란히 익은 빵들이 통통하고 뽀얀 속살을 드러냈다. 손을 호호 불어가며 먹던 찐빵은 쫀득함과 달달한 팥이 어우러진 순수하고 소박한 단맛이었다. 그 모양새는 엄마의 사랑을 닮아 푸근했다.

인내는 썼지만, 열매는 더없이 훌륭했다. 내 손안에 확실히 쥐어진 벅찬 행복감! 찐빵 하나를 위해 몇 시간을 기다렸던가. 갓 쪄낸 빵을 건네는 엄마나, 두 손으로 받아 든 아이나, 환한 웃음이 번졌다. 자식을 키워보니 내 아이 입에 들어가는 음식을 바라보는 일이 얼마나 큰 기쁨과 만족감을 주는지 알겠다. 그때의 엄마 표정도 그랬을 것이다.

주문하면 완성된 요리가 식탁에 놓이는 지금과는 달리, 그 시절엔 긴 기다림이 스며 있었다. 단순히 배를 채우는 행위를 넘어, 모든 과정을 품고 빚어낸 결과를 얻는 일이었다. 점점 더 속도를 중요시하는 세월 속에서 우리가 지워버렸는지도 모를 오감이 기억하는 맛이었다.

캔버스에 붓질한 듯 빗자루 자국이 가지런히 남아있던 앞마당, 길게 이어진 빨랫줄과 그 줄을 받쳐주던 바지랑대, 재잘거리던 참새들. 툇마루에 걸터앉아 다리를 흔들며 찐빵을 맛보던 소녀의 모습은 오래된 시간 속에 박제된 채 남아있다.

깔끔하고 부지런하며 단단했던 엄마는 낮달처럼 먼 곳으로 떠났다. 그때의 빈자리를 대신할 엄마도, 뜨거운 화롯불도 지금은 없다. 다만 희미한 기억만이 허기를 채울 뿐이다. 찐빵처럼 부풀어 오른 그리움, 그 잔잔한 온기가 오래도록 나를 덮어준다. ↘ 이현이

찐빵

재료 6개

중력분 500g

베이킹파우더 1큰술

소금 반큰술

설탕 5큰술

팥앙금 두컵

올리고당 2큰술

1. 팥은 불린 후 부드럽게 으깨질 때까지 삶은 뒤
물엿, 소금으로 간을 맞춰요.

2. 중력분에 베이킹파우더, 소금, 설탕을 넣고 치대요.
뜨거운 물로 반죽하면 찰져요.
(올리고당을 추가하면 빵이 더 촉촉해요.)

3. 반죽을 두어 시간 발효시켜요.

4. 손바닥만 하게 반죽을 펴 팥소를 두 숟가락 정도 넣고
동그랗게 감싸줘요.

5. 면포를 깐 찜기에 넣고 20분 정도 쪄요.

6. 뜸을 들인 뒤 한 김 식혀 꺼내 먹어요.
뜨거우니까 데지 않게 조심해요.

Tip

1. 만들 때 반죽이 손에 붙으면 물이나 식용유를 조금씩 발라 줘요.
2. 찐빵을 먹을 때 우유랑 같이 먹으면 좋아요.

여름

남편은 집에서 반주하는 걸 즐겼다. 돼지고기를 넣은 김치찌개 하나만 있어도 막걸리나 소주 한 병을 사와 마시곤 했다. 남편이 일찍 퇴근하는 날이나 쉬는 날이면 그를 위해 매콤한 돼지고기볶음 또는 얼큰한 닭볶음탕을 식탁에 올렸다. 그러면 남편은 금세 행복한 사람이 되었다. 집에서 편히 한잔하는 게 삶의 즐거움이라고 하니 그것만은 지켜주고 싶었다. 새로운 걱정이 생기기 전까지는.

여름날 오후, 여덟 살이 된 작은아이랑 장을 보러 갔다. 남편이 일찍 퇴근한다기에 닭 한 마리를 사고, 풀 좀 사다 달라던 남편의 말이 생각나서 풀 한 상자를 샀다.

작은아이는 덩달아 신이 났다. 만드는 걸 좋아하기도 하고 아이들 사이에 풀을 만지작거리며 노는 게 유행이라 한창 풀을 찾을 때였다. 필요할 때마다 문구점에서 하나씩 샀는데 20개들이 한 상자를 사니 기분이 좋을 수밖에. 저녁 식사를 준비하는 데 남편으로부터 전화가 왔다. 작은아이가 받았다.

"엄마, 오늘 저녁 메뉴가 뭐예요?"

"닭볶음탕!"

작은아이 목소리가 계속 들려왔다.

"아빠, 닭볶음탕이래요. 그리고 풀도 샀어요. 많이요!"

얼마 뒤 남편이 들어왔다. 옷도 갈아입지 않고 남편은 싱글벙글 웃으며 냉장고 문을 열었다 닫았다 했다.

"근데, 술은 어딨어?"

"무슨 술? 술은 안 샀지."

"도윤이가 엄마가 술 많이 샀다는데?"

그랬다. 아이가 풀을 많이 샀다고 자랑한 말을 남편이 찰떡같이 술로 받아들였던 거다. 사람들은 보고 싶은 대로 보고, 듣고 싶은 대로 듣는다고 하더니 남편도 예외는 아니었다. 남편은 한바탕 웃고는 곧장 마트로 달려갔다. 함께 실컷 웃기는 했지만, 슬슬 불안함이 엄습했다. 빈번하게 술을 찾는 습관이 중독으로 이어지지 않을까, 아이들이 반주하는 남편의 모습을 그대로 흡수하지 않을까 걱정되었다. 남편이 술에 빠져 사는 아버님을 못마땅하게 여기면서도 그대로 닮아갔듯 말이다. 그의 음주 습관이 깔끔해서 그동안 느끼지 못했던 것들이 달리 보이기 시작했다.

나는 밥상에 변화를 주기로 했다. 남편과 아이들 밥상의 경계를 허물기로 했다. 남편을 위해 준비했던 음식들의 조리법을 달리하기로 했다. 집들이 때 선물 받은 요리책을 뒤적이다 '닭간장조림'이라는 요리를 발견했다. 매콤한 고추장 양념이 아닌 간장 양념에 조린 닭고기가 먹음직스러웠다. 닭고기라면 마다하지 않는 남편도 만족할 듯싶었다. 처음으로 얼큰한 닭볶음탕이 아닌 짭조름한 닭간장조림을 식탁에 올렸다. 아이들은 평소 보던 빨간 양념이 아닌 간장 양념 닭고기를 마냥 신기하게 바라봤고, 남편도 새로운 시도에 박수를 보냈다. 땀을 흘리며 애쓴 보람이 있었다.

닭간장조림 재료 손질은 감자나 당근, 채소를 곁들이는 닭볶음탕보다 훨씬 간편하다. 그리고 조리 과정도 비교적 단순하다. 하지만 조리하는 내내 자리를 지켜야 하는 번거로움은 감내해야 한다. 끓는 조림장에 닭고기를 넣고 은은한 불에 뒤집어 가며 조려야 하기 때문이다. 무엇이든지 노력 없이 쉽게 얻을 수 있는 건 없다. 간편한 음식이라도 일정의 수고를 들여야만 한다. 가족을 위한 식사야말로 노력과 정성의 산물이라는 것을 경험하면 할수록 깨닫게 된다.

3년 전, 건강에 이상 징후를 느낀 후 남편은 담배와 술을 끊었다. 백해무익한 담배는 잘 끊었다고 생각하면서도 술은 다시 찾지 않을까 싶었다. 하지만 남편은 약을 먹는다는 이유로 술을 전혀 입에 대지 않고 있다(남편의 결단력과 실행력이 그저 놀랍다). 이런 날이 올 줄 미리 알았더라면, 삶의 즐거움을 마음껏 누리도록 해줄 걸 그랬나 싶은 엉뚱한 마음마저 드는 요즘이다. 밥상에 술이 사라진 지금, 우리 집 밥상의 경계도 완전히 허물어졌다. ↘ 유정임

닭간장조림

재료

닭 한 마리 900g

마른 고추 2개

물 2~3큰술

조림장

간장 1/2컵

청주 6큰술

설탕 5큰술

참기름 2큰술

저민 마늘 4~5톨 분량

저민 생강 3~4톨 분량

1. 닭을 토막 낸 것으로 준비하여 흐르는 물에 깨끗이 씻은 뒤
   물기를 빼주세요.

2. 조림장을 냄비에 넣고 한소끔 끓이다가
   마른 고추의 씨를 빼고 손으로 뜯어서 넣어주세요.

3. 끓는 조림장에 닭고기를 넣고 약한불에서
   앞뒤로 뒤집어 가며 조려주세요.

4. 조림장을 끼얹어가며 자작자작하게 조려주세요.

Tip

1. 조림장이 한소끔 끓어오르면 닭을 넣고 약한 불에서 서서히 끓여야
   윤기가 나요.
2. 매운맛을 원할 때는 청양고추를 넣어주세요.

미역오이냉채

할머니, 시원함의 보루

어린 시절 나에게 여름의 시작은 얼음 띄운 시원한 국물을 찾는 일이었다. 식초의 시큼함과 설탕의 달콤함, 소금의 짭조름함이 조화로운 냉국을 무척 좋아했다. 건미역을 불려 야들야들해진 초록빛 자태에 푸른 오이와 붉은 고추가 고명으로 올라가면 그야말로 완벽한 조화였다. 그 시원한 물을 한 모금 들이켜면 후끈한 여름 열기는 어느새 차분히 가라앉곤 했다.

지금은 버튼 하나만 누르면 쏟아지는 얼음이 있어 편리해졌지만 50년 전 여름은 얼음을 구하기 위해 오빠와 함께 동네 입구, '어름'이라고 투박하게 적힌 얼음 가게로 심부름을 가야만 했다. 아저씨가 커다란 톱으로 얼음을 썰 때면 하얀 얼음 부스러기가 얼굴에 튀기도 했다. 그 모습을 넋 놓고 쳐다보고 있으면, 아저씨는 빙수 얼음처럼 갈린 부스러기를 한 움큼 뭉쳐 내 손에 쥐여 주셨다. 오빠가 양손에 얼음을 소중히 들고 돌아오면 할머니는 그것을 받아 칼로 갈거나 툭툭 깨뜨려 불규칙한 조각들을 냉국에 넣어주셨다. 열이 많은 나에게 그 서늘한 감각은 그야말로 구원이었다.

내 기억 속 여름 풍경은 늘 이글거리는 뙤약볕과 함께였다. 온종일 밖을 쏘다니다 지쳐 돌아오면 얼굴에는 시커먼 땀이 흘러내리고, 등줄기를 타고 땀방울이 쉴 없이 흘러내렸다. 그럴 때면 부엌 문턱에 털썩 주저앉아 애꿎은 더위 탓을 하며 씩씩거리기 일쑤였다. 갈증으로 목이 타들어 갈 때쯤, 할머니는 장난스럽게 웃으시며 “땟국물 흐른다”라며 얼굴을 닦고 들어오라고 하시고는 투박하면서도 정겨운 손길로 분주해지셨다. 커다란 바가지를 꺼내 미역을 불리고, 도마 위에서 경쾌한 소리를 내며 오이를 송송 채 치셨다.

식초, 설탕, 소금이라는 특별할 것 없는 재료를 계량컵 하나 없이 눈대중으로 툭툭 던져 넣으시는데도 그 비율은 늘 신기한 맛을 냈다. 생오이는 입에도 대지 않던 고집쟁이였지만, 식초의 향이 오이의 풋내를 잡아주고 설탕이 날카로운 맛을 부드럽게 감싸안은 냉국 앞에서는 속절없이 무너졌다. 그렇지만 나는 오이와 미역은 쏙 빼놓고 국물만 들이켰다. 냄새는 상큼했지만 먹기에는 오이와 미역의 식감이 싫었기 때문이다. 할머니의 매서운 눈치를 보면서 한 번 더 국물만 국자로 퍼서는 그릇에 담고 들이켜며 입안 가득하게 넣고 볼을 부풀리며 목까지 내려가는 시원함을 만끽했다.

시원한 냉채 한 그릇이 상에 오르면 지쳐 있던 입맛이 살아나고 집안의 열기도 신기하게 누그러졌다. 풀냄새가 싫다며 도망 다니던 손녀에게 제철의 기운을 먹이려 했던 할머니의 마음은 더위보다 훨씬 진한 사랑이었음을 이제야 깨닫는다. 가끔은 채 썰고 남은 오이 조각을 슬쩍 가져와 여동생과 호사를 누리기도 했다. 오이를 갈아 밀가루를 섞어 얼굴에 붙이며 마사지하던 소소한 즐거움도 있었다.

세월이 흘러 환갑을 맞이한 지금, 직접 오이냉채를 만들다 보면 그때의 풍경이 자연스레 되살아난다. 찬물 속에서 흔들리는 미역의 초록빛과 투명한 오이, 그리고 첫입에 퍼지는 상큼한 산미는 단순한 맛을 넘어 여름을 나는 깊은 지혜였음을 알게 된다. 마지막으로 유리그릇 위로 통깨가 사뿐히 떨어지는 순간, 그 경쾌한 소리는 마음을 들뜨게 한다. 금빛 알갱이들이 초록색 위로 흩뿌려지는 모습은 마치 여름 한가운데 작은 축복이 내려앉는 것만 같다.

화려한 수식어 없이도 사람의 마음을 어루만져 주던 할머니의 손맛은 시간이 흐를수록 깊은 울림으로 다가와, 내 삶의 가장 뜨거운 계절마다 상쾌한 그늘이 되어 준다. 이 소박한 냉채 한 그릇은 고집쟁이 손녀를 위해 할머니가 쌓아 올린 사랑의 보루였다. 그 맛을 기억하는 한 나의 여름은 영원히 향긋하고 시원할 것이다. 나는 오늘도 그 향기로운 계절 속으로 기분 좋게 걸어 들어간다. ↘ 김경민

미역오이냉채

재료 4인분

오이 2개
양파 1/2개
홍고추 1개
건미역 5줄기

냉국
물 600ml
식초 6큰술
설탕 4큰술
소금 1/3큰술
다진 마늘 1/2큰술
통깨 1큰술
얼음

1. 오이는 굵은소금으로 겉면을 문질러 씻은 뒤,
   가늘게 채 썰어줍니다.

2. 양파는 최대한 얇게 채 썰어주세요.
   (매운맛이 싫다면 찬물에 잠시 담갔다 빼주세요.)

3. 홍고추는 송송 썰어 씨를 가볍게 털어냅니다.

4. 건미역은 찬물에 불려 물기를 꽉 짭니다.

5. 그릇에 물 600ml, 식초 6큰술, 설탕 4큰술, 소금 1/3큰술을
   넣고 설탕과 소금이 완전히 녹을 때까지 잘 저어줍니다.

6. 다진 마늘 1/2큰술을 넣습니다. 혹은 마늘을 편 썰어서
   넣어도 좋습니다.

7. 만들어둔 냉국물에 채 썬 오이, 양파, 고추, 미역을
   넣습니다.

8. 먹기 직전에 얼음을 띄우고 통깨를 뿌려 마무리합니다.

Tip

1. 얼음이 녹으면서 국물이 싱거워질 수 있으니, 처음 간을 보실 때
   '조금 진하다' 싶을 정도가 딱 좋습니다.
2. 국물을 미리 만들어 냉장고에 넣어두었다가 먹기 직전에 채소를
   넣으면 오이의 아삭함이 더 오래 유지됩니다.

멀리 기숙학교에 다니던 딸이 학교 식당으로 밥 먹으러 가면서 오늘 점심 메뉴가 비빔밥이라고 좋아하던 목소리를 기억한다. 전화기를 통해 들리는 목소리로 아이의 상태를 확인할 때였는데 기쁜 목소리에 내 마음까지 밝아졌다. '비빔밥을 좋아하는구나!'

나는 딸이 고등학교에 가기 전까지 비빔밥을 해 준 적이 없었다. 나도 엄마가 해 주는 비빔밥을 먹어 본 적이 없다. 딸 때문에 이제는 나도 비빔밥을 좋아하고 자주 해 먹는 음식이 되었다.

나물들이 고추장과 참기름으로 밥과 버무려지고 달

걀을 얹어 먹는 맛을 딸 때문에 알게 되었다. 방학에 집에 온 딸과 처음으로 비빔밥을 만들어서 둘이 먹었다. 비빔밥 위에 올리는 달걀은 딸에게 엄마 사랑의 크기였다. 한 개 더 올려놓으면 식탁에 앉으며 입꼬리가 올라갔다.

음식을 자주 하면 만드는 시간이 빨라진다. 비빔밥도 이제는 쉽게 금방 한다. 오이지무침이 있거나 무채무침이 있으면 저녁 메뉴는 비빔밥이 된다. 열무김치가 있어도 그렇다. 여름엔 밭에 여러 가지 상추가 있어서 더 쉽다.

당근을 채 썰고, 표고나 느타리버섯을 양파와 볶고, 콩나물과 시금치는 무치고, 파프리카, 애호박을 볶아 넣어도 좋다. 겨울엔 고사리나 말려놓은 나물을 넣어도 된다. 도라지나물이 있어도 저녁은 비빔밥이 된다. 부추나 양배추를 썰어서 그냥 넣어도 좋다.

비빔밥 재료의 선택은 냉장고에 있는 반찬과 식재료에 한두 가지만 더 산다. 여러 재료 중에서 선택은 색깔을 기준으로 다섯 가지 정도로 한다. 당근, 시금치, 콩나물에 표고버섯과 달걀로 만드는 주황, 초록, 노랑, 흰색, 밤색으로 집에 있거나 구하기 쉬운 재료로 넣는다.

요즘 아이들은 고기를 좋아하고 많이 먹는다. 커피는 늘 아이스로 먹고, 케이크도 빵도 너무 쉽게 먹는다. 애들 먹는 걸 보면 옅은 한숨이 나온다. 통닭과 라면은 왜 그렇게 좋아하는지. 힘들 땐 그 밤에도 아이스크림을 찾는다. 아이스크림까지 배달해 주는 세상이 되었다.

딸이 퇴근하고 오면 최대한 집밥을 먹이려고 한다. 손주를 보면서 저녁 준비가 버거울 때도 있지만 애들 먹거리를 생각하면 힘듦이 문제가 아니다. 고기나 달걀로 단백질을 챙기면서 채소를 꼭 준비한다. 삶아서 심심하게 무쳐서 듬뿍 준다. 채소 먹기에 좋은 음식이 비빔밥이다.

넓은 그릇에 나물들을 색 맞춰서 예쁘게 담고 달걀을 올려놓으면 일찍 저녁 준비가 끝난다. 밥보다 채소를 네다섯 배는 더 먹게 되는 것 같다. 아이들이 와서 밥 푸고 고추장을 넣고 참기름이나 들기름을 둘러서 먹는다.

'비빔밥에 들어가는 나물들을 따로 맛을 느끼며 먹어

야지, 왜 섞어서 먹어?' 비빔밥을 처음 봤을 때 나의 생각이었다. 그래서 비빔밥을 먹을 기회가 있어도 밥과 나물을 따로 먹었다. 딸이 고등학교를 졸업하고 돌아올 때까지 그랬다.

이제 나는 비빔밥이 좋다. 자존심을 내려놓고 어울려 비벼지는 게 좋다. 내가 아니면 안 될 것 같았던 일은 누구라도 대신할 수 있다. 당근이 없으면 어때, 무채를 넣으면 되지. 무채가 없으면 어때, 시금치를 넣지. 비름나물도 있고 고춧잎나물도 있고. 여름 밭에 주렁주렁 달리는 호박이며 오이도 있으니 있는 것들로 쉽게 가자.

커다란 양푼에 비빔밥 재료들을 넣고 한 번에 비벼서 퍼먹고 싶다. 비빔밥처럼 잘 어울려 살아가고 싶다.

↘ 김은경

비빔밥

재료 4인분

쌀 2컵

달걀 4개

콩나물 1봉지

당근 1개

시금치 1단

애호박 1개

버섯 1팩

양파 1개

상추 8장

양념

고추장, 참기름, 소금, 깨, 올리브유, 새우젓

1. 밥하는 동안 시금치 삶을 물을 불에 올리고 시금치를 삶아
   소금, 참기름, 깨를 넣어 무쳐요.

2. 콩나물을 씻어 물 100ml를 넣고 삶아 소금, 참기름, 깨를
   넣어 무쳐요.

3. 당근은 채 썰어 올리브유 1큰술, 소금을 조금만 넣어
   볶아요.

4. 애호박을 반달 모양으로 썰어 새우젓 1큰술에 10분 절여
   양파 반 개를 썰어 넣고 볶아요.

5. 느타리버섯은 끓는 물에 살짝 넣었다가 꺼내 짜고
   양파 반 개와 함께 간장을 넣어 볶아요.

6. 상추를 1.5cm 크기로 잘라요.
7. 넓은 그릇에 재료를 예쁘게 담아요.
8. 달걀노른자 모양을 살려서 살짝 익혀 올려요.
9. 먹기 전에 밥을 푸고 고추장과 참기름을 넣고 비벼요.

Tip

1. 재료를 볶을 때 기름은 최소만 사용해요.
2. 당근은 올리브유를 넣지만, 버섯이나 애호박은 양파를 넣으면 기름을 넣지 않아도 돼요.
3. 밥의 양은 줄이고 달걀은 두 개를 올려도 좋아요.
4. 콩나물을 삶을 때 물을 넣지 않아도 돼요. 끓으면 바로 불을 끄고 찬물로 헹구면 아삭해요.
5. 버섯은 느타리버섯이나 표고버섯도 상관없어요. 두 가지 이상의 버섯을 섞어도 돼요.
6. 간을 조금만 해서 준비한 채소를 다 나눠서 담으세요.
7. 호박 간은 소금도 괜찮아요.

아침 6시 기상 알람에 반동하듯 몸을 일으켜서 옷을 갈아입는다. 잠은 아직 덜 깬 상태다. 세면대에 가서 겨우 눈곱만 떼고 목까지 가려주는 마스크를 쓴다. 장갑을 챙기고 각종 식물 영양제와 호미가 들어있는 바구니를 들고 현관문을 나선다. 올여름의 하루는 대개 이렇게 시작되었다. 아파트 뒤 쪽문을 통해 공원길을 가로질러 울타리 사이 샛길로 빠져나가면 내 텃밭이 있다. 텃밭까지 가는 동안 참새며 까치들이 설깬 잠을 깨워주었다. 까치 몇 마리가 텃밭에서 도망쳤다. 농익은 토마토가 반만 남아 있었다.

내 텃밭은 아파트 이웃이 경작하던 곳이었는데 지인 소개로 작년 3월 이사 오자마자 양보해 주었다.

옆 텃밭에 그녀가 벌써 와서 풀을 매고 있었다. 해가 뜨기도 전에 나왔다고 한다. 거의 매일 보는데도 농사에 관한 이야기로 항상 시간이 부족하다. 그사이 내 바구니는 싱싱하고 알록달록한 것들이 넘쳤다. 아삭이고추, 깻잎, 오이, 청상추와 적상추, 치커리, 붉고 푸른 오크상추, 대추토마토 찰토마토 등등.

"오늘은 샐러드를 만들어 먹어야겠어요."

"양상추 줄까요?"

"네!" 하고 나는 아이 같은 해맑음과 활기를 담아 큰 소리로 외쳤다. 마스크로 가려졌지만, 나의 즐겁고 뿌듯한 미소가 전해졌는지 그녀의 가지런한 하얀 윗니가 모두 드러났다. 깨끗하고 탐스러운 양상추를 세 포기나 뚝뚝 잘라주었다.

손잡이까지 그득하게 채운 채소 바구니를 들고 집에 오는 길, 멋지게 차려입고 출근하는 사람들이 엘리베이터에서 내리면서 나를 훑고 지나간다. 엘리베이터 거울에 비친 내 모습은 땀에 젖은 옷의 초라한 모습이었다. 그러나 마스크 안에는 세상에서 가장 행복한 미소가 있다.

현관에 들어서자마자 남편이 바구니를 받아 들고 싱크대로 가서 채소를 씻기 시작했다. 그사이 나는 줄줄 흐르는 땀을 닦았다.

깨끗하게 씻어 놓은 채소로 샐러드를 준비했다. 큼지막한 샐러드 볼에 각종 신선한 채소를 손으로 툭툭 뜯어 쌓았다. 두툼한 오크 상추를 자를 때 나는 톡톡 소리에 귀가 즐거웠다. 오이를 칼로 자르니 칼날에 채소 진액이 범벅이다. 양상추잎 두께가 상당하다. 크고 색이 진해서 좀 질기지 않을까 생각했지만 그 예상은 크게 빗나갔다. 툭! 툭! 투둑 툭! 경쾌한 아삭거림이 청각과 촉각을 최고조로 자극했다. 까치들이 먹고 남긴 반쪽짜리 토마토는 뭉실 익어서 먹음직스럽다. 자르자마자 싱그런 향이 주변까지 퍼졌다.

"음, 토마토 냄새 아주 좋다." 청소기를 돌리던 남편이 추가하는 양념이다.

찐달걀을 잘라서 넣어주고, 아몬드나 캐슈너트 같은 견과류를 부수어서 위에 뿌려주었다. 그 위에 올리브유와 발사믹 글레이즈를 끼얹어 마무리해서 식탁으로 향했다. 청소를 마친 남편이 벌써 젓가락을 손에 들고 앉아 입맛을 다시고 있다. 역시 양상추가 최고였다. 입안에서 와사삭 부서지는 소리가 너무 커서 서로를 쳐다보았다. 놀라서 동그래진 눈들이 마주치고 이내 두 입에 미소가 퍼졌다.

온종일 에어컨을 켜야 할 정도로 무더운 날씨도 힘들지 않았다. 맛있는 채소 덕에, 그것을 키워낸 텃밭 덕에. 텃밭을 양보해 준 이웃 덕에. 소개해 준 지인 덕에.

↘ 김부선

샐러드

재료 2인분

오이 반 개

방울토마토 5~6개

찰토마토 반 개

청 오크 상추 세 잎

붉은 오크 상추 세 잎

치커리 세 잎

양상추 반 통

찐 달걀 1개

견과 (아몬드, 브라질너트, 캐슈너트 등 고소하고 몸에 좋은 것들)

건포도(건베리나 신선한 베리도 좋아요)

올리브유

발사믹 글레이즈(또는 발사믹 식초)

1. 채소를 씻는 동안 달걀을 쪄 놓아요.

2. 청 오크 상추, 붉은 오크 상추, 치커리를 적당한 크기로
    잘라서 그릇 바닥에 깔아줘요.
    (개인적으로 손으로 잘랐을 때 맛을 선호해요.)

3. 양상추를 손으로 잘라서 골고루 쌓아요.

4. 오이는 어슷하게 썰어서 그릇 가장자리로 올려요.

5. 방울토마토와 찰토마토를 칼로 잘라서 군데군데 넣어요.

6. 찐 달걀을 큐브 모양으로 썰어서 토마토와 겹치지 않게
    넣어줘요.

7. 견과를 작은 절구에 넣어 3분의 1정도 크기로 빻아서
    뿌려줘요.

8. 건포도나 건체리 또는 신선한 블루베리를 얹어줍니다.
    가을에는 까마중 열매로 대체해 보았는데 특별하고 맛도
    제법 좋았어요.

9. 올리브를 골고루 뿌려주고 그 위에 발사믹 글레이즈를
    흩뿌려줘요.

10. 포크보다는 나무젓가락으로 먹는 게 더 맛있어요.

나에게는 언니 같은 여동생이 있다. 친정과 그리 멀지 않은 곳에 사는 동생은 엄마의 손재주를 고스란히 물려받았다. 음식이든 손뜨개든 무언가를 시작하면 빠른 손놀림으로 야무지게 해낸다. 나는 고등학교 졸업 후 집을 떠나 멀리서 살았지만, 막내인 동생은 항상 엄마 곁에 있었다. 그래서일까. 동생의 마음 씀씀이가 나보다 훨씬 넓고 깊어 가끔은 누가 언니인지 헷갈릴 만큼 든든하다. 동생이 만들어 보내준 오이김치 한 통에는 그런 넉넉한 손맛과 마음이 담겨있다.

초여름, 동생이 아삭하고 시원한 오이김치를 담가줬

다. 청량한 오이 향이 여름의 열기를 식혀주듯 상큼했다. 한동안 우리 집 밥상에 매일 오르다 보니 어느새 그 많던 김치 한 통을 다 먹었다. 남편과 아이들이 아쉬워했다. 마지막 남은 오이를 접시에 담으며 내가 말했다.

"이게 마지막 오이김치야."

"벌써? 처제한테 한 번 더 해달라고 부탁해 보면 안 돼?"

남편과 아이들이 아쉬운 표정을 지었다.

"아니면 당신이 처제처럼 만들어보든가."

나에게 언제 이 맛을 내려나 하는 표정이다.

오이김치는 실패하면 도무지 활용 방법이 없다. 사실 요리에 욕심도 취미도 없는 나에게 김치는 큰 숙제와도 같다. 실패하지 않으려고 무진장 벼르고 벼르다 하나씩 해 보는 정도다. 레시피가 궁금해서 고민 끝에 동생에게 카카오톡 메시지를 보냈다.

[오이김치 너무 맛있어서 벌써 다 먹었어. 형부랑 애들이 너무 아쉬워하는 거 있지.]

[그렇게 맛있었어? 내 김치가 좀 맛있긴 하지.]

장난기 섞인 답장 너머로 동생의 웃음소리가 들리는 듯했다.

[어떻게 했는지, 레시피 좀 전수해 줘. 나도 한번 도전해 보게.] (내가 담을 줄 아는 김치가 없다는 사실이 한심하게 느껴지는 순간이었다.)

[비결? 느낌적으로! 모든 힘을 다해서!]

장난꾸러기 동생이다.

짓궂은 대답에 내가 선수를 쳤다.

[안 알려주면 담에 또 담가준다는 뜻으로 알게!]

그러자 곧바로 상세한 레시피가 날아왔다. 휴대전화 화면 속 레시피를 내려다보다가 문득 동생의 하루를 떠올렸다. 아이 셋을 양육하며, 젖소를 키우고 우유를 짜서 납품하는 제부의 목장 일까지 거드는 바쁜 동생이다. 새벽같이 일어나 흙 묻은 장화를 신는 동생에게 김치를 또 담가달라고 떼를 쓰는 언니라니. 참말로 면목 없는 언니라는 생각에 마음 한구석이 찡해졌다.

여동생은 내가 20살 되면서부터 떨어져 지냈기에 우리는 서로에게 애틋하다. 여섯 살 차이가 나지만, 이제는 같은 여자로, 아이를 키우는 엄마로 통하는 것이 많다. 통화를 하면 장난꾸러기처럼 농담도 잘하지만, 문득문득 동생의 목소리에 담긴 깊은 진심을 발견하곤 한다.

나이가 더 들면 우리는 어떤 모습으로 서로를 마주하게 될까. 가끔 의견충돌로 삐치기도 하지만 나보다 고집이 있는 동생을 이길 수가 없다. 너그러이 내가 져준다는 말로 동생의 마음을 풀어주기도 한다. 만나면 늘 헤어짐이 아쉽고, 돌아서면 다시 만날 때까지 그리운 동생은 나에게 고향 같은 존재다. 자주 내려가지 못하는 나에게 동생이 보내 준 오이김치는 단순한 김치 레시피가 아니라 동생의 마음이었다.

동생의 레시피를 따라 오이를 썰며, 나는 오늘 고향의 냄새를 맡는다. ↘ 신지현

오이김치

재료

오이 한 묶음(5~6개)

굵은소금 4큰술

고춧가루 5큰술

마늘 1.5큰술

까나리액젓 3.5큰술

매실 1큰술

설탕 1.5큰술 혹은 물엿 1큰술

부추 3줌

양파 1개

통깨 2큰술

1. 오이는 깨끗이 씻은 뒤, 돌기 부분을 칼로 긁어내어 손질해 주세요.

2. 물 1.5L에 소금 4큰술을 넣고 끓인 뒤, 불을 끄고 한 김만 식혀서 준비해 둡니다.

3. 오이는 한입 크기로 깍두기 모양으로 썬 다음, 따끈한 소금물에 30분 정도 담가 절여주세요.

4. 30분이 지나면 찬물에 가볍게 헹구어 체에 밭쳐 물기를 가볍게 빼줍니다.

5. 부추는 3cm 크기로, 양파는 채를 썰어 준비해 주세요.

6. 부추, 고춧가루, 마늘, 액젓, 매실, 설탕, 물엿, 양파를 분량대로 넣고 잘 섞어 양념장을 만듭니다.

7. 물기를 뺀 오이를 양념장에 넣고 골고루 잘 섞어 맛깔스럽게 잘 버무려주세요.

8. 예쁜 접시에 먹음직스럽게 담아내면 끝이랍니다.

TIP

1. 오이는 뜨거운 소금물에 절여보세요. 수분이 빠지면서 훨씬 식감이 아삭아삭해집니다.
2. 절인 뒤 물기를 충분히 제거해야 물이 덜 생깁니다.
3. 오이는 무르지 않게 살살 버무려주는 게 좋아요.
4. 액젓만 쓰는 것보다 새우젓을 함께 사용하면 시원한 감칠맛을 느낄 수 있습니다.

시골 시어머니가 서울 사는 며느리 집에 갔다가 카레를 대접받았다. 따듯한 국과 반찬이 있는 한식 밥상을 상상했던 시골 노모는 집에 돌아와 며느리가 이상한 음식을 주더라고 흉을 봤다. 이 이야기를 20대 때 지인에게서 들었다. 그이의 할머니 이야기다.

"카레가 치매 예방에 좋다잖아. 그리 말해 드렸으면 기분 덜 나쁘셨으려나?"

그렇게 말하면서도 처음 본 카레의 비주얼에 놀라고 실망했을 시골 노인장의 마음이 이해 갔다. 우리 할머니도 그러셨을 테니 말이다.

지금은 널리 알려져 다양한 맛의 카레 요리가 판매되고 있다. 만들기도 쉽고 아이들이 좋아해서 주부들이 자주 만드는 요리다. 사실 카레는 강황, 생강, 마늘, 후추 등 20여 가지 재료를 섞어 만든 인도의 향신료인데, 고기, 해산물, 채소 등에 섞어 맛을 낸 요리가 되었다. 영국과 일본을 거쳐 우리나라에 소개되면서 커리(curry)라는 이름이 '카레'로 불렸다. 우리나라는 강황 비율이 높아 노란색 카레가 많지만, 방글라데시로 선교여행을 갔을 때 현지인의 집에서 카레를 맛보며 다른 색도 있다는 것을 알았다. 어떤 향신료를 쓰느냐에 따라 맛도 색도 달라진다.

나는 카레를 좋아한다. 밀가루나 전분 없이 고기도 넣지 않은 카레를 먹어 본 적이 있는데 깔끔하고 맛있었다. 사실은 밥에 얹어 먹는 카레라이스보다 카레우동이 좋다. 내가 성장하는 날들을 확인시켜 준 음식이라고나 할까? 아니, 내가 좋아하는 일을 하면서 격려받은 음식이라 해야겠다.

결혼하고 아이를 낳고 보니 나를 통해 생명이 세상에

태어났다는 사실이 무척 황홀했다. 그래서 아이 넷을 낳았다. 애국자라는 어른들의 칭찬(?)에 별 감흥이 없던 시기를 지나 막내를 어린이집에 보내면서 학교에서 기초학력반 아이들을 지도했다. 그때 함께 수업하던 선생님의 소개로 독서코칭 수업을 2년간 들었고 그 뒤 운 좋게 초등학교 돌봄교실에서 아이들을 직접 가르치게 되었다.

하지만 더 나은 수업을 위해 배움이 필요했다. 수업이 없는 날에는 먼 곳을 마다하지 않고 왕복 3~4시간 걸리는 곳까지 서울에 있는 도서관과 학습센터, 평생학습관, 서점으로 강의를 들으러 다녔다. 버스에서 지하철로, 다시 버스로 환승에 환승을 하며 지각하지 않으려 뛰어다녔다(1종 보통 면허증이 있지만 운전하기 무서워져 포기했다).

그림책과 독서지도, 글쓰기 등 독서수업에 필요한 강의를 닥치는 대로 들었다. 특히 그림책 수업이 재미있어 '그림책'이라는 이름이 붙은 강의는 가능하면 다 듣고 싶었다. 그중 피스북스가 옥수동에 있을 때 들었던 김소희 선생님의 강의가 인상 깊다. 그림책의 역사부터 작가님들의 강연도 좋았고 작가를 연구하는 시간도 재밌었다.

그렇게 강의나 강연을 듣고 집으로 오는 길에 연신내에서 점심을 먹었다. 새로운 그림책도 소개받고 새로운 지식이 늘면서 마음의 즐거움도 늘어갔다. 서울에서 수업을 듣는 날은 참새가 방앗간을 드나들듯 일주일에 한 번 꼭 역전우동에서 카레우동을 먹었다. 식사 후에는 또 건너편 중고서점에 들러 책을 둘러보는 여유도 누렸다.

여름 같았던 나의 열정. 지금은 시간도 없고 체력도 따라주지 않아 줌 강의나 책을 찾아보며 공부하지만, 강의를 들으려 뛰어다니고 애쓴 날들이 대견하다. 대학원에 가라는 멘토 선생님의 권유에 너무 늦었다고 생각했던 40대가 절대 늦은 나이가 아니었음을 50대가 되어서야 깨닫는다. 그러나 열심히 뛰어다닌 덕분에 아이들에게 그림책을 소개하고 수업하는 시간을 만들 수 있었다.

카레우동을 먹을 때마다 그 시간들이 떠올라 행복해진다. 이만하면 나의 소울푸드가 아닌가. ↘ 정인숙

카레

재료 3~4인분

카레가루 100g

감자 3개

양파 반 개

당근 1/3개

돼지고기 앞다릿살 200g

물 800ml

1. 감자는 조금 크게, 당근은 조금 작게 깍둑썰기 해요.

2. 돼지고기 앞다릿살의 비계를 잘라내고 1~1.5cm 정도 크기로 잘라요. 가위를 사용하면 편리해요.

3. 달궈진 프라이팬에 기름 1큰술을 넣고 재료를 모두 넣고 볶아요.

4. 고기 겉면이 익었다면 냄비에 넣어 물을 붓고 끓여요.

5. 감자가 익으면 카레가루를 넣고 풀어가며 중불에서 끓여주세요.

5. 약불로 끓이며 묽기를 조절해요. 살짝 묽은 듯해야 먹기 좋아요.

6. 밥이나 면과 함께 먹어요.

Tip

1. 돼지고기는 앞다릿살을 쓰면 식감이 쫄깃해요.
2. 밥과 카레를 한꺼번에 비비지 않고 카레를 조금씩 덜어 먹으면 밥이 빨리 퍼지지 않아 좋아요.

딸아이가 중학교 2학년 때의 일이었다. 나는 임대아파트에서 딸과 단둘이 살았다. 학습지 교사로 일하며 딸의 학원비를 벌었다. 내 뜻과 달리 아이는 공부에 영 관심이 없었다.

"학원에 가봤자 친구들과 놀다 오는 거야. 엄마가 힘들게 번 돈을 그렇게 쓰는 건 낭비야."

딸아이는 내심 철이 든 듯 말했지만 나는 어떻게든 가르치려 애썼다.

"네가 머리는 좋은데 노력을 안 해서 그래. 엄마 생각해서라도 열심히 해라, 응?"

어르고 달래고 협박도 해봤으나 허사였다. 조금만 재미를 붙이면 잘할 수 있을 텐데 왜 그토록 공부가 싫은 걸까. 하긴 쉬는 날 독서가 유일한 즐거움인 나도 학교 다닐 때는 공부가 싫었다.

어느 날 딸아이가 학원을 그만두겠단다. 한참을 옥신각신하다 너무 화가 나 반바지 아래 드러난 아이의 허벅지를 손바닥으로 내리쳤다. "철썩!" 찰진 소리가 거실에 울렸다. 손가락 자국이 벌겋게 났다. 기회는 이때다 싶은 듯, 딸은 가방을 챙겨 야멸차게 밖으로 나갔다.

현관문이 꽝 닫히는 소리에 억장이 무너졌다. 내가 누구 때문에 이렇게 힘들게 돈을 벌고 있는데. 뜨거운 눈물이 걷잡을 수 없이 뺨을 타고 흘러내렸다. 혼자 아이 키우는 일이 이토록 힘겨울 줄이야. 딸은 전화도 받지 않았다. '집 나가면 저만 고생이지, 누가 이기나 보자' 오기가 났지만, 속은 새까맣게 타들어 갔다.

이틀 후, 현관 번호 키 누르는 소리가 들리고 아이가 들어섰다. 나는 본 척도 하지 않았다. 딸은 배가 고픈지 냉장고 문을 열었다 닫았다, 하더니 방으로 들어갔다.

아무리 미워도 밥은 먹여야지. 나는 재빨리 쌀을 씻어 안치고 된장국을 끓이고 어묵을 볶아 뚝딱 밥상을 차렸다. 그리고 화가 풀리지 않았음을 보여주려는 듯 "밥 먹어!" 냅다 소리를 질렀다. 아이는 그동안 굶었는지 뜨끈한 밥을 허겁지겁 맛있게도 먹었다.

딸과 나는 아무 말 없이 식사를 이어갔다. 밥그릇에 숟가락 부딪히는 소리, 젓가락 소리, 그리고 밥 먹는 소리만 어색하게 식탁 주위를 맴돌았다. 그런데 딸이 왼손으로 까만 콩장을 집어 먹는 모습이 눈에 들어왔다. 왼손과 오른손을 같이 쓰면 좌뇌와 우뇌가 고루 발달한다며 틈틈이 연습하더니 제법 능숙했다.

그 순간 내가 왜 그랬는지는 지금도 모르겠다. 갑자기 나도 왼손으로 젓가락을 옮겨 콩장을 집어봤다. 마음 같아서는 될 것 같은데 아무리 애를 써도 콩알은 미끄러지기만 했다. 딸의 마음을 잡는 것처럼 어려웠다. 집으려다 놓치고 다시 집으려고 안간힘을 쓰다가, 딸과 눈이 딱 마주쳤다. 내가 하는 모습을 지켜보고 있었던 거다. 그 순간, 누가 먼저랄 것도 없이 동시에 웃음보가 터져

버렸다. 우리는 배가 끊어질 듯 한참을 깔깔거리며 웃었다.

그렇게 한바탕 웃고 나니 그동안 쌓였던 속상함과 서운함이 일시에 사라졌다. 딸은 친구 집에서 잔 이야기며 학교에서 있었던 일들을 쉴 새 없이 재잘거렸고, 이불을 쓰고 장난을 치다 잠이 들었다.

그 뒤 딸은 원하던 대로 학원에 등록하지 않았고, 나는 경제적으로 덜 쪼들리게 되었다. 딸도 아르바이트하면서 하고 싶은 걸 하며 즐겁게 지냈다. 더 이상 다툴 일이 생기지 않았고 우리는 서로 의지하며 화기애애하게 지냈다. 아이를 그저 지켜보는 일이 쉽지는 않았으나 애써 믿어주었다. 내가 낳았지만 나와 너무도 다른 성향의 아이를 보며 신기하고 재밌기도 했다.

지금은 나도 보란듯이 왼손으로 콩장을 집어먹는다. 꾸준한 연습의 결과다. 우리 모녀를 단박에 무장해제 시켜 준 까만 콩자반. 오래전 일이지만 그날을 떠올리면 가슴 한쪽에서 따스한 웃음이 물결친다. ↘ 이현이

콩장

재료

검은콩 종이컵 2컵

진간장 5큰술

설탕 1큰술

올리고당 1큰술

참기름 1.5큰술

맛술 3큰술

간마늘 조금

깨 1큰술

후추 조금

1. 검은콩을 깨끗이 씻어 물에 불려요. 잠자기 전 불려놓으면 좋아요.

2. 콩이 잠길 정도 물을 붓고 끓여요.

3. 30분 정도 끓인 후 진간장, 설탕, 후추, 맛술, 마늘을 넣고 중약불에서 더 졸여요.

4. 국물이 1~2순가락 정도 남고, 콩의 크기가 줄면 깨소금을 넉넉히 넣고 올리고당을 넣어요. 윤기가 돌아 먹음직스럽게 보여요. 시각적인 요소도 중요하니까요.

5. 참기름을 넣어 풍미를 더해요. 들기름을 사용해도 괜찮아요.

Tip

생강 한 조각을 넣고 끓여도 좋아요.
생강향이 은은하게 배어 더 맛나요.

토마토달걀볶음

나만 아는 '토달볶'의 세계

푹푹 찌는 여름 아침. 맛과 영양을 다 갖춘 간단한 식사는 없을까?

맞벌이 시절, 아침의 10분은 저녁의 30분과 비교될 정도로 귀한 시간이었다. 일하는 것보다 밥하는 게 더 어려웠던 나는 구세주 같은 요리를 찾아 헤맸다. 그러다 발견한 요리가 바로 토마토달걀볶음. 줄여서 '토달볶'이다.

토마토와 달걀은 건강한 식재료로 알려져 있지만, 두 식재료에도 아쉬운 점은 있다. 토마토는 단백질이, 달걀은 비타민 C와 식이섬유가 부족하다는 것이다. 그런데 이 둘을 합치면? 그야말로 영양학적으로 완전체가 된다. 서로의 부족한 부분을 채워주는 환상의 커플이 탄생한다. 거기다 조리 시간도 짧다. 아침에 이보다 더 좋은 요리가 있을까.

입맛 까다로운 남편에게 선보이기 전, 먼저 나의 검증이 필요했다. 살짝 달궈진 팬에 올리브유를 두르고 잘 익은 붉은 토마토를 썰어 넣었다. 토마토를 달달 볶다가 한쪽으로 밀고 풀어둔 달걀물을 부어 몽글몽글하게 섞고 소금과 후추를 뿌렸다. 접시에 덜어 한 숟가락을 입에 넣었다. 토마토와 달걀이 적절하게 어우러져 퍽퍽하지 않고 부드럽게 잘 넘어갔다. 내 입에 딱 맞았다. 이거다!

다음 날 아침, 노래를 흥얼거리며 토달볶을 만들었다. 이렇게 여유롭다니. 남편과 내 앞에 접시를 놓았다. 그런데 토달볶을 보는 남편의 표정이 이상했다. 떨떠름하게 한입 먹더니 접시를 내 쪽으로 밀며 앞으로 이 요리는 하지 말라고 했다. 공들여 준비한 내 도전이 단 한 마디로 진압당했다.

쌍둥이가 태어나고 나는 토달볶 둥지가 생길 것을 꿈꿨다. 그러나 인생이 어디 뜻대로 되던가.

"윽, 맛이 이상해요."

"엄마, 이게 뭐예요. 그냥 달걀프라이 해 주세요."

미스터리였다. 대체 왜, 어째서 이 맛을 싫어한다는 말인가. 내게는 영양과 맛, 색감까지 완벽한 아침의 보석이건만, 남편과 아이들에게는 그저 익힌 토마토와 약간 덜 익은 달걀의 모호한 만남일 뿐. 입에 맞지 않는다는 원성(?)만이 메아리쳤다. 사방에서 쏟아지는 불신과 성토의 목소리는 내게 토달볶을 멀리하라고 했지만, 나는 흔들리지 않았다. 토마토가 기름을 만나 맛이 살아나고, 폭신한 달걀이 어우러져 부드럽게 감싸 안는 이 조화를 그들은 왜 모른단 말인가.

그렇게 토달볶은 순식간에 우리 집 메뉴에서 탈락했고 나만의 요리가 됐다. 혼자 있을 때, 냉장고에서 토마토와 달걀을 꺼내 휘리릭 만들어 먹으면 그렇게 편할 수가 없었다.

가끔 토달볶을 식탁 중앙에 놓아보지만, 약속이라도

한 듯 젓가락은 다른 반찬으로 향한다. 덕분에 이 한 접시는 오롯이 나의 차지가 된다. 외롭냐고? 천만에!(라고 호기롭게 외치지만 사실은 외롭다. 많이 외롭다.)

하지만 이 외로움이 나쁘지만은 않다. 누군가의 눈치를 보지 않고, 내가 좋아하는 것을 즐기는 자유가 있기 때문이다. 간이 세다거나, 식감이 이상하다거나 하는 평가에 연연하지 않고 오직 내 입만 만족하면 된다. 비록 가족의 식탁에서는 밀려났지만, 대신 나만의 요리가 생긴 것이다.

식사가 끝나고 빈 접시를 치우며 나는 생각한다. 모두가 좋아하는 맛은 대중적이지만, 나만 좋아하는 맛은 개성이라고 말이다. 여전히 식구들은 고개를 갸우뚱하겠지만 상관없다. 아무도 안 먹으면 어떤가. 나만을 위한 간단하고 건강한 요리가 있다는 건 근사한 일이다.

↘ 권혁희

토마토달걀볶음

재료 1인분

토마토 중간 크기 1~2개(방울토마토 5~6개)

달걀 2개

소금 1/3큰술

후추 약간

올리브유 2큰술

1. 달걀 2개를 풀고 소금을 조금 넣어 섞어둬요.
2. 토마토를 먹기 좋은 크기로 썰어요.
3. 팬에 올리브유를 두르고 토마토를 넣어 볶아요.
4. 토마토가 과즙이 나오며 부드러워지면 옆으로 몰아 놓고 달걀물을 부어 젓가락으로 큼직하게 저어줘요.
5. 달걀이 80% 익으면 토마토와 달걀을 서로 섞어요.
6. 소금과 후추로 간을 맞추고 접시에 덜어요.

Tip

1. 간장이나 굴소스로 간을 맞춰도 좋아요.
2. 빵 한 조각(건강을 생각한다면 통곡물로)을 곁들이면 완벽한 한 끼가 돼요.

호박만두

여름엔 호박만두

오빠 생일은 여름이다. 생일날 헤어지면서 올케는 둥그런 호박을 몇 개 주었다. 파와 함께 집에 갖다 베란다에 그냥 놓아두었다. 파는 다듬어 썰어서 냉동실에 넣어야 하는데 날짜가 하루씩 지날 때마다 파 잎이 누렇게 되는 게 보인다. 그 옆에서 호박이 나 좀 어떻게 해 보라고 시위한다. 며칠 전에 슈퍼에서 사 온 호박도 냉장고 안에서 시들어 가고 있다.

이대로 두면 영영 못 먹고 음식물쓰레기통으로 들어갈 것 같아서 호박을 반으로 잘랐다. 그동안 벌써 씨가 생겨 있다. 호박을 잘라 안에 씨를 빼내고 모두 채를 쳤다. 빈

대떡이라도 해야지 하고 생각했다. 그런데 채를 썰다 보니 빈대떡을 하기에는 양이 너무 많았다. 그렇다고 당장 빈대떡이 먹고 싶은 것도 아니었다. 할 수 없이 굵은 소금으로 채 썬 호박을 절였다. 만두라도 해야 할 것 같았다. (맘속에선 귀찮아서 만두도 하기 싫었다.) 일단은 호박을 절여서 냉장고에 넣었다. 밤이어서 다른 재료를 준비할 수 없어 만두 하는 건 다음날로 미뤘다.

다음 날 아침, 만두 하는 걸 까맣게 잊고 있다가 막내딸이 "엄마 마트 가야 한다며" 하고 말하자 "아차!" 싶어서 정신을 차리고 집을 나섰다. 감기에 걸린 딸을 병원 앞에 내려주고 나는 슈퍼로 갔다. 호박만두를 한지도 오래되어서 어떤 재료가 들어가는지 가물가물했다. 유튜브를 찾아 어떤 재료가 있나 훑어봤다. 그리고 돼지고기와 두부를 사고 숙주와 만두피도 샀다. 그 전 때는 만두피도 항상 밀가루 반죽을 해서 밀었는데 이제는 파는 만두피를 산다. 만두피를 사보니 일이 반으로 줄어드는 것을 알고부터다.

엄마는 만두를 아주 쉽게 했다. 김치만두는 물론이

고, 여름이 되면 밭에서 따온 호박이 많아 처치 곤란하면 자주 호박만두를 만들어 먹었다. 그럴 때면 옆에서 만두피를 미는 건 언제나 내 역할이었다. 우리들은 호박만두가 별로였지만 아버지는 호박만두를 아주 좋아하셨다. 엄마가 만두를 하면 저절로 입가에 미소가 생기던 것이 기억난다.

나도 결혼해 살면서 만두를 많이 했다. 만두를 하는 게 그리 어렵다는 생각을 해 보지 않은 건, 쉽게 만두를 만들어 내던 엄마의 덕분이라고 생각한다. 하지만 살다 보니 어느 순간 만두를 하는 일이 점점 뜸해졌다. 아이들도 어리고 사 먹는 게 편해지고 만두 만드는 것도 일이라는 생각이 들었다. 하지만 나이가 드니 옛날에 먹던 음식이 생각난다. 고급스러운 음식보다도 옛날 집에서 해 먹던 음식들이 점점 좋아진다.

집에 와서 냉장고에 절여 놓은 호박을 꺼내니 양이 너무 적어 보인다. 야채통에 있던 호박 두 개를 재빨리 채쳐서 먼저 절인 호박에 섞어 놓았다.

고기를 썰고 숙주도 데쳤다. 절여 놓은 호박을 양파

주머니에 넣고 온몸을 이용해 물을 짰다. 호박에 고기와 숙주와 두부를 한데 넣고 파, 마늘, 깨, 고춧가루 등을 넣고 버무렸다. 병원에 갔던 딸이 돌아와 둘이 앉아서 만두피의 끝 쪽을 물에 적셔 가며 만두를 만들었다. 만두를 빚으면서 너도 나중에 해먹어 보라고 말을 한다. "엄마도 외할머니가 하던 것을 보고 배운거야"라고 하면서.

중요한 건 간이 맞나 보는 것이다. 그래서 제일 처음 한 만두 대여섯 개를 찜기에 올려놓고 쪘다. 오랜만에 먹어 본 호박만두다. 간도 괜찮고 맛있다. 딸들한테 먹으러 오라고 하니 멀리 있어서 저녁에나 온단다. 두 쟁반밖에 안 된다. 쟁반째 냉동실에 넣었다. 대충 정리를 하고 소파에 길게 누웠다. 그것도 일이라고 피곤하다.

'이 다음에 아이들도 호박만두를 해 먹을까?' 하고 생각한다. 어쩜 내게서 끝날지도 모른다. 하지만 '어쩌다 호박만두를 먹을 기회가 있다면 엄마 생각이 나기도 하겠지' 하는 생각이 들기도 한다. ↘ 유재숙

호박만두

재료 3인분

애호박 대여섯 개
숙주 300g 한 봉지
두부 1모
돼지고기 간 것 작은 팩 한 개
파 한 대
마늘 1큰술
고춧가루 반 컵
만두피 2봉지

1. 애호박을 대여섯 개쯤 썰어 소금에 절여 줍니다.

2. 숙주는 살짝 데쳐 물을 뺍니다.

3. 두부도 망에 넣어서 물기를 뺍니다.

4. 돼지고기는 간 것은 준비하거나 통으로 있으면 칼로 잘게 썰어줍니다.

5. 절여 놓은 호박 채를 짜서 물기를 빼고 모든 준비물을 한꺼번에 넣고 파, 마늘, 소금, 고춧가루 등을 넣고 버무립니다.

6. 소금 등으로 간을 맞춥니다.

7. 준비해 놓은 만두피에 만두를 쌉니다.

8. 만일 만두피가 잘 붙지 않으면 살짝 물을 묻히면 잘 붙습니다.

Tip

만두피는 집에서 반죽해서 미는 게 더 맛있습니다.

가을

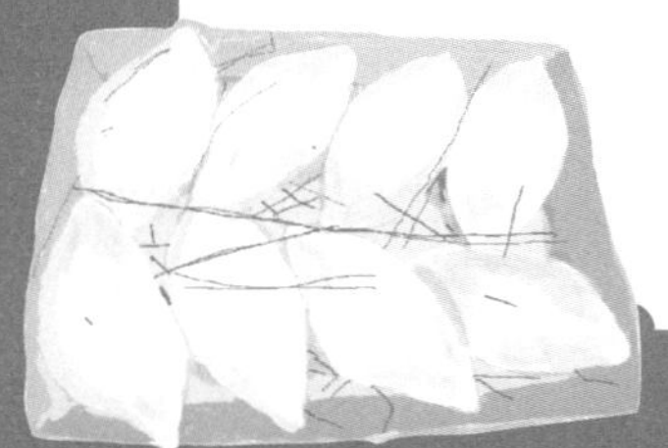

올해도 고구마 줄거리를 까고 있다. 여름이 지나 동네 마트에 고구마 줄거리가 나오기 시작하는 것을 보면 내 눈은 저절로 마트가 아닌 고구마밭을 향한다. 오빠는 해마다 고구마를 심었다. 하지만 지난 몇 년은 밭을 팔아 농사를 짓지 않아, 고구마 줄기를 사다 먹을 수밖에 없었다. 그러다 아는 사람의 밭에 고구마를 심었다는 것을 알게 되면 부탁을 해서 한 번씩 고구마 줄기를 따왔다. 하지만 다른 누군가의 밭에 고구마 줄기를 따러 가는 일은 쉬운 일이 아니다. 한 번 정도는 부탁을 해서 따러 가도 되지만 두세 번 부탁하기에는 눈치가 보였다.

　지난해부터 오빠는 다시 고구마 농사를 짓기 시작했
다. 오빠네 밭은 인적이 별로 없는 산골짜기 아래에 자
리하고 있다. 오빠는 내게도 고구마 심는 것을 도와 달
라고 했다. 나는 허리가 아프다고 징징거리며 고구마밭
에 물을 주는 걸 도왔다. 그리고 나는 그 고구마밭에 나
의 지분도 있다고 말했다.

　고구마 줄거리가 풍성해지기 시작하는 9월이 오면 나
는 몇 번이고 오빠네 밭에 고구마 줄거리를 따러 갔다.
밭에는 새까만 가을 모기가 판을 친다. 모기약을 온몸에
뿌리고 가지만 새까맣게 생긴 산 모기들은 그런 것에 구
애받지 않고 덤빈다. 처음에는 모기가 너무 무서워 고구
마밭에 가는 것이 꺼려졌다.

　그러나 고구마 줄거리에 대한 나의 욕심이 모기에 대
한 두려움을 이겼다. 욕심껏 줄기를 따다 보면 해 지는
줄 몰랐다. 고구마 줄기를 커다란 봉지에 가득 담아 차
에 싣고 집으로 가다 보면 온몸이 가려웠다. 옷을 입은
위로도 모기들은 사정없이 물었다. 엉덩이와 허리, 허벅
지도 몇 군데나 물려서 가려웠다.

모기한테도 계속 물리다 보니 면역력이 생겼는지 처음에는 몹시 가려웠지만 시간이 지날수록 모기에 대한 신경이 덜 쓰였다. 많이 물려도 참고 긁지 않으면 나도 모르는 사이 모기에 물렸다는 걸 잊어버린다. 그리고 어느새 낫는다. 집에 오면 저녁을 해 먹고 거실 바닥에 앉아 고구마 줄거리를 까기 시작한다. 생각 없이 고구마 줄기를 벗긴다. 혼자 앉아 고구마 줄거리를 벗기고 있으면 그동안 있었던 일들이 질서 없이 마음속에서 일어났다 사라지고 또 일어난다. 화가 났던 일, 말을 잘못해 창피했던 일, 누구에게도 말 못 할 후회와 슬픔도 손가락 끝으로 까맣게 배어 나온다. 손가락 끝이 새까매지도록, 손톱 밑이 쓰라려질 때까지, 반복적인 일을 계속하다 보면 깊어지는 밤, 혼자 외로이 먼 우주에 떨어져 있다는 생각이 들기도 한다. 밤새 앉아서 고구마 줄거리를 까는 단순한 행동이 마음을 가라앉히고 나를 고요하게 만들었다.

다음날, 큰 냄비에 몇 번이고 고구마 줄기를 삶아 나눠 비닐 팩에 담는다. 그리고 가까이 사는 친구들에게 인심 좋게 하나씩 들어 나른다. 그러다 보면 또 내가 먹을 게 없어져 다시 고구마밭으로 향한다. 가을이 되면 내게 고구마줄기볶음은 최고의 반찬이다. 내가 퍼 나른 고구마줄기를 맛있었다고 친구들이 칭찬해 주면 무슨 좋은 반찬을 그들에게 나누어 주었다는 생각에 마음이 뿌듯해졌다. 내 가을이 그렇게 가고 있다. 가을이 지나면 싱싱한 고구마 줄기를 먹을 수 없어서 아쉽지만, 냉동실에 몇 봉지의 고구마 줄기가 들어 있다. 반찬이 없을 때 그것을 꺼내어 볶는다. 식용유를 넣고 마늘을 볶다가 물에 녹인 고구마 줄기를 넣고 물을 조금 더 붓고 굵은소금을 넣는다. 다 볶아지면 파와 고춧가루를 넣고 다시다로 마지막 간을 한다. 냉동실에 있던 고구마 줄기는 맨 처음 따서 볶았을 때처럼 싱싱하지 않아 상큼한 맛은 없지만, 조금 물기가 빠져서 쫄깃해진 고구마 줄기도 맛이 좋다. 가끔 들깻가루를 넣기도 한다. 하지만 나는 그냥 맹숭한 맛을 좋아한다. 고구마 줄기 봉지가 하나씩 줄어들고 있다. 그리고 다시 내년을 기다린다.

↘ 유재숙

고구마줄거리볶음

재료

고구마줄기 적당량
마늘 반 숟가락
파 반 대
소금 적당량

1. 고구마 줄기를 벗깁니다.
2. 끓는 물에 데칩니다.
3. 팬에 식용유와 물을 넣고 마늘을 넣습니다.
4. 고구마 줄기를 같이 넣고 굵은소금으로 간을 합니다.
5. 고구마 줄기를 뒤집어 가며 볶습니다.
6. 다 볶아지면 들기름을 조금 넣고 고춧가루를 넣고 파와 참깨를 넣어 한 번 더 뒤집어 줍니다.
7. 먹어 보고 싱거우면 소금 간을 더하고 필요에 따라 조미료를 더합니다.

Tip

취향에 따라 들깨를 첨가하기도 합니다.

"결혼 3년 차면 이제 김치도 제법 담그겠네."

지난가을 어머니가 김장할 때 외손녀인 조카가 함께했다. 그 모습을 보고 큰시누이가 조카가 요리를 잘한다고 칭찬했다. 어머니의 손맛이 조카에게까지 이어진 것 같다.

서당개 3년이면 풍월을 읊는다지만 김치가 세월 간다고 저절로 만들 수 있는 음식이던가. 결혼한 지 20년도 훌쩍 넘은 나는 아직 김치를 담그지 못한다. 숙제 같은 김치 담그기를 못하니 초보 주부 같은 느낌을 지울 수 없다.

대학을 졸업하고 자취생활을 하며 처음 배추김치를 담가봤다. 짠 김치가 싫어 소금을 적게 쳤더니 배추가 제대로 절여지지 않았다.

"배추가 고개를 빳빳이 들고 있었어."

"김치는 절이기가 팔십프로야."

친구와 그날의 실패담을 나누면서 나의 첫 김치 담그기가 끝났다. 제대로 절여지지 않은 배추는 양념을 했음에도 금방 물러서 다 버려야 했다. 김치는 어렵다. 그날 내가 배운 사실이다. 결혼하면 김치를 담글 수 있을 것이라 생각했지만 엄마와 시어머니 김치가 있어 배워볼 생각을 하지 않았다. 더욱이 전라도가 고향인 시어머니 김치는 대체 불가다. 김치에 과일을 갈아 넣고 젓갈은 정어리젓을 쓰시는데 아이들도 '할머니 김치가 최고'라 칭찬한다. 시어머니는 "어떤 음식이든 남들 하는 것 보고 따라 해 보면 맛이 난다"고 하시니 타고난 재능에 부지런함이 더해진 결과겠다.

그런데 지난여름 딸이 오이소박이를 먹고 싶다고 했다. 백화점 문화센터에서 오이소박이를 배운 적이 있는

데, 절인 오이를 물에 헹구는 바람에 풋내나서 먹지 못하고 버린 경험이 있다. 그 실패를 되짚어 이번에는 잘할 수 있을 것 같았다. 처음이나 마찬가지라 생각하고 가볍게 오이 4개를 사서 16개만 만들었다. 다행히 딸과 남편의 칭찬도 받았다.

가족의 칭찬에 힘을 얻고 친구의 응원에 용기 내어 이번에는 깍두기를 만들었다. 생강 대신 생강차를 넣고 찹쌀풀도 많은 듯 보였지만 쪽파를 썰어 절인 무에 넣고 함께 버무리니 간도 삼삼하고 모양도 그럴듯했다. '아, 내가 김치를 담그다니! 다음엔 무슨 김치를 담가볼까? 갓김치? 배추김치? 열무김치?……' 이젠 다른 김치도 다 담글 수 있을 것 같았다.

다음 날 아침 밥상에 가족들의 칭찬을 기대하며 김치통을 열었다. 그런데 예쁘던 깍두기가 쪼그라들어 있는 것이 아닌가. 못생겨진 깍두기가 멋쩍어 먼저 말을 꺼냈다.

"절일 때 소금이 부족했나 봐."

"생긴 거에 비해 맛있네."

맛을 본 남편이 칭찬하더니 신난 목소리로 딸에게 말한다.

"엄마가 만들었어. 먹어봐!"

딸도 맛있다고 한다. 내가 직접 만들었다는 응원 점수였겠지만 가족들의 칭찬은 석 달 후 다시 깍두기를 만들게 했다. 무가 맛없어서인지 맛없게 된 깍두기였지만.

필요가 행동을 낳는다. 결혼한 지 20년이 넘어도 김치 담그기는 초보인 나를 움직인 것은 김치를 먹고 싶다는 딸의 요구(필요)와 가족들의 칭찬과 친구의 응원이었다. 맛있는 어머니 김치를 공수받을 수 없는 때가 되면 나의 실험 김치들이 우리 집 밥상에 올라올지 모른다. 그러다 지난번 깍두기처럼 맛있는 김치를 만들 날이 올 수도 있다. 천 리 길도 한 걸음부터고 시작이 반이니, 걸음을 뗀 나는 벌써 절반쯤 성공인가?

참, 나와 같은 김치 담그기 초보자들에게 추천한다. 김치가 어렵다면 깍두기부터! ↘ 정인숙

깍두기

재료

무 1개, 쪽파 20대

절일 때
굵은소금 2큰술, 물 100ml

양념

배 1/2개, 사과 1/2개, 고춧가루 5큰술, 다진 생강 1/2큰술,

다진 마늘 2큰술, 멸치액젓 2큰술, 새우젓 1큰술,

새우젓 국물 1큰술, 뉴슈가 1꼬집

풀
물 1컵, 찹쌀가루 1큰술

1. 무를 깨끗이 씻고 지저분한 부분의 껍질은 칼로
   살살 긁어낸 후에 1.5~2cm 크기로 깍둑썰기 해주세요.

2. 쪽파는 2cm 길이로 썰어주세요.

3. 그릇에 깍둑썬 무와 소금과 뉴슈가를 넣고 버무린 다음
   30분간 절입니다. 중간중간 뒤집어 주세요.

4. 믹서에 배, 사과, 양파를 갈고 나머지 양념을 넣어
   섞어주세요.

5. 냄비에 물과 찹쌀가루를 넣어 중불로 풀을 쑤어요.
   걸쭉해지고 투명해질 때까지 저어가며 끓여요.
   식힌 후에 4번 양념을 넣어 섞어줍니다.

6. 절인 무를 건져 30분 정도 체에 밭쳐 물기를 빼준 후에
   5번 양념과 쪽파를 넣고 버무린 다음 무를 넣어 함께
   버무려주세요.

7. 바로 먹어도 좋고 상온에 하룻밤 두었다가 냉장고에 넣고
   먹어도 좋아요.

Tip

무는 너무 길지 않고 단맛이 나는 것이 좋아요.

엄마가 만두를 빚어 남동생 편에 보내주었다. 한입 크기로 빚어 꽁꽁 얼린 만두였다. 바로 찜기에 올렸다. 김이 모락모락 나는 만두를 식탁 위에 올려두고 아이들과 자리에 앉았다. 행복한 미소가 절로 지어졌다. 엄마의 손만두는 내게 추억의 음식이자 최고의 음식이다. 먹어도 먹어도 물리지 않는다. 갑자기 궁금해졌다. 우리 아이들은 내가 해 준 음식 중에 어떤 음식을 기억할까. 아이들에게 질문을 던지자, 이야기가 줄줄이 나왔다.

"엄마가 해 준 짜장면!"

"김치볶음밥, 꽤 자주 먹었지. 그렇지? 형?"

“난 소고기 넣은 미역국”

“아, 맞다. 황태달걀국!”

“또 엄마가 끓여준 참치김치찌개. 그리고 엄마표 달걀찜!”

두 아이가 주고받는 이야기에 의문이 들었다. 아이들에게 특별한 음식을 해 준 적이 없던가. 아이들에게 질문을 던지자, 솔직한 이야기가 이어졌다.

“엄마가 해 준 음식은 늘 먹는 것들이야. 별로 새로울 게 없었어.”

“맞아, 새롭고 특별한 음식은 대부분 아빠가 해 주셨지.”

아이들 말이 틀리지 않기에 그 어떤 반박도 할 수가 없었다. 음식 만들기가 서툴렀던 나는 주로 간단한 한 그릇 요리나 조리법이 익숙한 음식들을 해왔다. 나와 달리 남편은 쉬는 날이면 장을 봐서 다양한 재료로 음식을 해 주었다. 게다가 어머님을 닮아 손맛도 좋았다.

“알겠어. 엄마도 보여주겠어. 오늘은 특별식을 해 주겠어!”

아이들에게 큰소리를 치고는 어떤 요리를 할지 고민하다가 아주 오래전에 먹어봤던 단호박오리구이를 떠올렸다. 결혼하고 첫해, 엄마 생신을 맞아 양주시 유양동에 있는 유명한 식당으로 오리고기를 먹으러 갔었다. 그 집의 오리고기는 특별했다. 단호박 안에 오리훈제고기가 들어 있었다. 단호박과 오리고기의 조화가 눈길을 사로잡았고, 맛 또한 훌륭했다. 나중에 또 가야지 했는데, 다시 가보질 못했다. 그때의 기억을 떠올리며 스마트폰을 꺼내들었다. 단호박 오리구이라고 검색하니 꽤 많은 레시피가 올라왔다. 집에 있던 오븐을 없앴던 터라 전자레인지로 할 수 있는 '단호박오리훈제찜'으로 선택했다.

가까운 마트로 장을 보러 갔다. 실한 단호박과 오리훈제고기를 사고, 그 외 필요한 채소들을 샀다. 저녁 식사 준비를 하는데 작은아이가 무엇을 할 거냐고 물었다. 단호박오리훈제찜을 한다는 말에 작은아이가 치즈도 넣어달라고 했다. 나는 퇴근하는 남편에게 모차렐라 치즈를 사다 달라고 부탁했다. 단호박오리훈제찜에 치즈가 추가되었다. 먼저 단호박에 베이킹소다를 뿌려 수세미로 박박 씻어 전자레인지에 10분 정도 돌렸다. 살짝 익은 단호박 꼭지 부위를 칼로 둥글게 도려내고 숟가락으로 씨를 긁어냈다. 다음으로 준비된 채소와 오리고기를 볶았다. 오리고기에서 나오는 기름은 종이행주로 제거했다. 단호박 안에 볶은 고기를 넣고 치즈를 뿌렸다. 안을 가득 채운 단호박을 접시에 담고 전자레인지에 10분을 돌렸다. 그런데 치즈가 잘 녹지 않아서 몇 분을 더 돌렸다. 전자레인지에서 꺼낸 단호박오리훈제찜을 칼로 먹기 좋게 자르니 색감과 모양이 근사했다. 노오란 단호박에 빨간 파프리카, 오리고기가 조화를 이루었고, 그 위를 감싼 치즈가 식욕을 자극했다. 완성된 단호박오리훈제찜을 보며 서로 다른 듯하지만 조화롭고, 한데 어우러져 더욱 특별해진 모습이 우리 가족을 닮았다고 생각했다.

주방을 기웃거리며 특별식을 기다리던 가족들이 식탁에 모여 앉았다. 네 쌍의 젓가락이 바쁘게 움직였다. 순식간에 먹어 치워서 볶은 오리고기를 마저 내놓았다. 밥을 곁들이지 않았는데도 속이 든든했다.

"어때? 엄마도 색다른 요리 할 수 있다는 거 인정?"

아이들은 엄마의 질문에 대답은 하지 않고 연신 먹기만 했다. 무슨 말이 필요할까. 아이들이 맛있게 먹는 모습에 마냥 뿌듯했다. 오늘의 도전이 아이들에게 특별한 이야기로 기억되었으면 좋겠다. ↘ 유정임

단호박오리훈제찜

재료

단호박 1개

오리훈제고기 400g

양파 1/2

빨강 파프리카 1/2

노랑 파프리카 1/2

통마늘 10알 정도

굴소스 1큰술

후추 약간

모차렐라 치즈 1컵

1. 단호박을 베이킹소다로 문질러 깨끗하게 씻어 주세요.

2. 단호박을 전자레인지에 10분 정도 돌린 다음 꼭지 부분을 둥글게 잘라주세요.

3. 숟가락을 이용해 단호박 씨를 제거해 주세요.

4. 양파와 파프리카를 먹기 좋은 크기로 썰어주세요.

5. 양파와 파프리카, 통마늘을 볶아서 수분을 없애주세요.

6. 5번에 오리훈제고기를 넣고 함께 볶아주세요.
   굴소스 1큰술과 후추로 살짝 간을 해 주세요.
   오리고기에서 나오는 기름은 종이행주로 제거해 주세요.

7. 단호박에 볶은 재료를 채우고 모차렐라 치즈를 올려주세요.

8. 전자레인지에 넣고 10분에서 15분간 돌려주세요.

9. 적당히 익은 단호박을 8등분으로 잘라주세요.

TIP

1. 손질한 단호박을 전자레인지에 10분 정도 돌려야 칼집 내기 쉬워요.
2. 오리고기를 너무 익히지 마세요. 너무 오래 익히면 고기가 질겨질 수 있어요.

달랑무김치
누가 내 이웃인지 몰라

"선생님, 달랑무 잘 먹을게요."

이른 아침 같은 아파트에 사는 시인에게서 문자가 왔다. 두 달 전에 대화를 나누었으니 갑작스러운 셈이다. 이어서 달랑무김치가 정갈하게 담겨있는 접시 사진이 툭 올라왔다. 아직도 영문을 몰라 하고 있는데 다음 메시지가 왔다.

"점심 같이 먹게 오세요."

'달랑무를 드린 적이 없는데? 아하 어제 길에서 만난 분이 시인의 옆집에 사시나? 세상이 아무리 좁아도 그렇지 어쩌면 이렇게 좁을 수가…….

어제 텃밭에서 남편과 밭을 정리하고 있었다. 남편이 고춧대를 뽑고 마른 토마토 줄기를 잘라내는 동안에 나는 백여 미터 떨어진 배추밭에 먼저 들렀다. 된장국에 넣을 호박잎을 따고 건새우 부추전을 만들 부추 한 움큼을 챙겨 남편이 일하고 있는 텃밭으로 향했다.

마스크를 쓴 아주머니가 텃밭과 남편을 번갈아 보고 있었다. 밭으로 향하는 내게 텃밭 주인이냐고 묻기에 그렇다고 답했다. 홀쭉한 시장 가방을 들고 있는 것을 보고 '작물 얻으러 다니는 분인가 하는 생각을 했다. 종종 그런 분들이 있기 때문이다. 그럴 때면 나는 풋고추와 상추를 몇 줌씩 나눠 드리곤 했다. 텃밭에 여름 채소는 더 이상 남아 있지 않았고 대파, 쪽파, 배추, 무, 갓 등 가을 채소가 있을 뿐이었다. 어떤 채소에 관심을 두는지 살피며 그분의 선택을 기다렸다. "저분이 남편이에요?" 저쪽 끝에서 농기구를 정리하고 있는 남편을 가리켰다.

텃밭과 작물에 대한 이런저런 대화가 오가던 중 그분이 1950년생이라는 것까지 알게 되자 내 마음의 경계감이 낮아졌다. 그해는 한국전쟁이 발발했다. 생사가 급박하게 오가던 전쟁통에 태어나, 다행히 잘 견디고 지금까지 건강히 살아계시는구나 싶었다. 나의 큰언니 역시 같은 해에 태어났다. 생후 한 달도 채 안 되어 눈 덮인 산으로 피신해서 한 달 넘게 버텨가며 살아남았다고 한다. 드라마 같은 그 이야기는 '생각 필름'의 첫 부분에 늘 고정되어 있다. 건강해 보이는 그분이 큰언니인 것처럼 고마웠다. 대화가 길어질수록 목소리도 다정한 느낌이 들었다.

"제가 달랑무를 심었는데 모양이 예쁘지 않지만 좀 드릴까요?" 하고 말하며 달랑무 고랑으로 이동했다.

마스크 너머로 반가워하는 목소리가 나를 따라왔다. 실한 것 우선으로 뽑기 시작했다. 달랑무를 한 움큼씩 뽑아서 넘길 때마다 좋아하는 감탄사를 건네주니 에너지가 더 생겼다. 이제 됐다는 말에도 허리가 아프다고 소리 지르는데도 계속 뽑아 아름에 쌓아주었다.

그런 일이 어제 있었는데, 그럼 그분이 시인 선생님의 바로 옆집 이웃이었다니! 세상이 참 좁다는 생각이 들었다. 모르는 사람이라도 함부로 대하면 안 되겠구나

하는 교훈을 남편에게 건넸다. 그런데 내 이야기를 듣던 남편이 나를 또 한 번 놀라게 했다.

"어제 그분? 나한테 망치 빌려주셨던 분인데."

"무슨 말이야?" 내가 눈을 동그랗게 뜨며 되묻자 남편이 말을 이었다.

"응, 줄 울타리가 느슨해졌길래 돌멩이로 말뚝을 두드리고 있었거든. 그랬더니 그분이 '돌보다는 망치가 낫지 않겠어요?'라며 장바구니에서 쓱 꺼내 주시더라고."

그 일이 있고 얼마 안 있어 날이 갑작스럽게 추워졌다. 좀 더 클까 해서 남겨 놓은 달랑무를 마저 뽑았다. 남편이 손질해서 소금간까지 해 놓은 달랑무에 양념을 버무리면서 그분이 생각났다. 내년에도 달랑무를 많이 심어야겠다. 같이 나누어 먹고 싶은 얼굴들의 파노라마 길이가 조금 더 길어졌다. ↘ 김부선

달랑무김치

재료

달랑무(총각무) 1단

고춧가루 2컵

쪽파 한 줌

마늘 8~10톨(다진 마늘은 4스푼 정도)

생강(마늘 두 톨 분량)

작은 양파 반 개

새우젓 반 컵

까나리액젓 반 컵

멸치액젓 반 컵

사과 반 개

배 1/4쪽

설탕 두 스푼

찐감자 1~2개(또는 식은 밥 3스푼)

소금 3컵 정도

1. 무 껍질을 제거하고(옛날 어머니가 손질하던 방식으로 얇은
   쇠숟가락을 이용해서 무 살점 손실을 최소한으로 하려 노력하고
   있어요. 단, 무청과 연결된 부위는 두꺼워서 칼을 이용하고요)
   서너 번 씻어 주어요.
   제가 직접 기른 무는 무 허리가 손가락 두 개 정도나 그보다
   가는 것이 태반이어서 자를 필요가 없었어요. 아주 두껍거나
   길이가 길면 취향에 따라 적당한 크기로 세로나 가로로
   잘라요.

2. 꼭 천일염을 이용해야 맛과 영양을 모두 챙길 수 있어요.
   달랑무 작은 다발 하나에 소금은 종이컵 한 컵, 물은 다섯 컵
   정도 필요해요. 먼저 무만 용기에 넣고 소금을 뿌리고
   그 위에 물을 끼얹어요. 1시간 후에 무를 뒤집어 용기
   한쪽으로 모으고 남은 공간에 무청을 넣고, 물 세 컵에
   소금 한 컵을 녹여서 무와 잎 전체를 다독여줘요. 30여 분 후
   에 잎만 뒤집어 준 후 30여 분 후에 절이기를 마치고
   두 번 정도 물로 씻어줘요.

3. 무가 절여지는 동안 양념을 준비해요. 믹서기에 마늘, 생강,
    양파, 새우젓, 까나리액젓, 멸치액젓, 사과, 배, 감자와 찬물
    2컵 정도를 넣고 갈아요. 쪽파는 1cm 정도의 길이로 썰고
    고춧가루는 종이컵으로 3컵 정도 그리고 설탕을 두 스푼
    넣어요. 설탕 두 스푼 대신 설탕 한 스푼과 매실액 두 스푼을
    넣어도 좋아요. 고춧가루를 넣은 후 30분 정도 숙성시켜야
    맛과 색이 좋아요.

4. 양념에 씻어서 물기를 뺀 무와 잎을 넣고 버무려요. 무 간이
    약하다고 생각되면 양념에 소금 한 스푼을 추가하면 돼요.
    두고 먹고 싶다면 참기름이나 통깨는 생략해요. 버무림이
    끝나면 알이 큰 것부터 무청과 함께 통에 차곡차곡 넣어요.
    버무린 후에 무와 잎 간을 한 번 더 보고, 짜다 싶으면 생무
    를 잘라서 중간중간에 넣어줘요. 삼투압 현상으로 무가 덜
    짜져요.

5. 김치를 통째 반나절 정도나 하루 정도 실온에서 익힌 다음
    냉장고에 넣으면 돼요. 김치냉장고에 보관하면서 5~7일
    지난 다음부터 꺼내 먹으면 맛이 아주 좋아요.

결혼 초기 나의 시댁은 경기도와 강원도의 경계인 경강에 있었다. 기차역 바로 아래에 집이 있었지만, 막차가 끊어지면 배를 타고 들어갔다. 가평역에서 택시를 타고 북한강 건너편에 내려 배를 보내 달라고 소리를 지르면 배 주인이 와서 우리를 배에 태웠다. 깜깜한 북한강 위를 노를 저어서 천천히 건너갔다.

그때 큰형님이 준비해 놓으신 음식을 두루치기라고 하셨다. 동네에서 돼지를 잡았는데 등뼈를 가져오셨다고. 요리는 형님이 하시고 이야기는 어머님이 해 주셨다. 등뼈를 넣은 김치볶음이었는데 뼈에 살이 많이 붙어

있었다. 처음 먹어 보는 등뼈였고 어색한 곳에서의 늦은 식사여서 맛을 느끼지는 못했던 것 같다. 후에 자주 먹다 보니 그 맛을 알게 되었다. 고추장으로 어우러지고 직접 짜신 들기름을 넉넉히 두른, 그리운 맛.

아이들이 태어나고 자라서 김치찜을 먹을 수 있기 전에 나는 돼지 등뼈로 감자탕을 끓였다. 몸이 허하거나 뼈에 칼슘이 필요하다고 느껴지면 돼지 등뼈를 사 왔다. 등뼈와 생강을 넣고 오래 끓이다가 통감자를 넣어 익으면 대접에 파를 먼저 넣고 뼈와 국물을 담아 먹었다. 사골 국물을 대신했던 우리 집의 보양식이었다.

김장철이 돌아왔다. 엄마는 이모 밭에서 배추를 실어 오셨다. 나도 엄마와 미리 캐서 밭에 묻어 둔 무를 꺼내 오고 함께 시장도 봐 드렸다. 김장 전날 새벽에 가서 배추도 함께 절였다. 김장하는 날이면 부랴부랴 김치통을 비우고 씻어서 마르지도 않은 통을 들고 간 적도 있었는데, 이번에는 시간이 되는대로 엄마와 함께 있어 드렸다. 엄마 연세가 여든이 넘으셨다. 몇 년이나 더 엄마 김치를 먹을 수 있을지. 올해도 김장으로 배추 200포기와 달랑무김치를 담으셨다. 자녀들과 엄마 형제들, 그리고 여러 가정에 엄마 김치가 갔다.

김장김치를 넣기 위해 김치냉장고를 청소했다. 묵은 김치가 한 통 남아있어서 엄마와 장보면서 돼지 등뼈를 샀다. 애들이 오면 김치찜을 해서 저녁을 먹으면 좋을 것 같았다. 토요일에 김장 준비하는 분들도 해 드리겠다고 호기롭게 다섯 팩을 담았다. 한 손은 손주 손을 잡고 다른 손으로 등뼈 봉지를 들고 집 현관문에 들어오다가 후회했다. 너무 무거웠다. 마트에서는 한 팩이 작아 보였는데 집에서 보니 양이 어마어마했다. 마침 집에 왔다가 저녁 시간에 가는 지인에게 배추김치 세 포기와 돼지 등뼈 한 팩을 들려 보냈다. 며느리에게 하는 것처럼 레시피를 꼼꼼하게 알려줬다.

돼지등뼈김치찜을 해 놓고 퇴근하고 돌아오는 딸 부부를 기다렸다. 거실에 따뜻하게 보일러를 돌려놓고 손주를 씻기고 나왔는데 집에 밥 냄새가 가득했다. 돼지등뼈김치찜은 데우면 국물이 더 진하고 맛있다. 피곤해서 식탁 의자에 몸을 던지는 애들 앞에 새로 한 따뜻한 밥을 퍼 놨다. 등뼈와 함께 묵은지와 달랑무김치를 올리고 국물을 부어서 각자 줬다. 뼈가 잘 우러난 국물도 다 먹기를 바라며.

손주는 새로 짠 들기름으로 밥을 비벼서 시금치와 브로콜리를 반찬으로 줬다. 시금치 한 단과 브로콜리 한 송이를 삶아서 무쳤더니 어른도 먹을 양이 됐다. 덕분에 식탁에 생기가 돌았다. 이 아이도 몇 년 후 가을이면 돼지등뼈김치찜을 먹게 되겠지.

그나저나 돼지등뼈김치찜 요리를 한 번도 해 본 적 없다며 들고 간 지인은 음식을 잘 해서 먹었을까?

↘ 김은경

돼지등뼈김치찜

재료 4인분

1. 돼지 등뼈 1.5kg 한 팩
2. 묵은 배추김치 두 포기(김치 담을 때 반으로 쪼갠 것)
4. 쌀뜨물 1L

양념

매실청 5큰술, 청주 3큰술, 고추장 3큰술,
들기름 2큰술, 파 3뿌리, 마늘 2큰술, 후추 조금

1. 돼지 등뼈를 물에 씻어요.
2. 불순물과 냄새를 없애기 위해 등뼈보다 조금 더 물을 붓고 후루룩 한 번 더 끓여요.
3. 찬물로 등뼈를 씻어요.
4. 묵은지를 먹기 좋은 크기로 잘라 등뼈 위에 놓아요.
5. 매실청, 청주, 고추장, 후추, 마늘을 넣고 버무려 30분 재워놔요.
6. 끓이기 시작 전에 쌀뜨물을 넣고 센불에서 끓으면 중불로 30분 익혀요.
7. 먹기 전에 들기름을 넣어요.

Tip

1. 등뼈를 먼저 삶지 않고 깨끗하게 씻어서 그냥 해도 돼요.
2. 다 끓이고 위에 뜬 기름을 걷어내고 들기름을 넣어요.
3. 고추장이나 쌀뜨물은 찜이 어우러지는 역할을 해요.
4. 쌀뜨물을 부을 때 양쪽 가장자리로 부어서 양념이 씻겨 내려가지 않게 해요.
5. 김치에 양념이 되어 있으니 파와 마늘은 생략해도 돼요.
6. 압력솥에 조리하면 시간을 절약할 수 있어요.

두부털랭이

기타와 두부털랭이

일인 일 악기 열풍이 불던 시절이었다. 나는 고민 끝에 낙원 상가에서 연한 핑크빛의 기타 한 대를 장만했다. 함께 근무하던 선생님과 일주일에 한 번 기타를 배우기 위해 나서는 길은 제법 설렜다. 동두천에서 기타 강습을 하시는 단장님은 젊었을 때 밴드의 싱어송라이터였다. 단장님처럼 언젠가 혼자 기타를 치며 시 낭송도 하고 노래도 부르는 근사한 모습의 나를 떠올렸다.

모든 배움이 그렇듯 악기 또한 끊임없는 연습과 집중의 시간이 있어야 한다. 한마디로 표현 하자면 어느 정도는 미쳐야 도달할 수 있다. 가끔 텔레비전에 등장하는 어린 영재들을 보면 자신이 좋아하는 일에 바치는 엄청난 노력에 입이 다물어지지 않을 때가 있다. 그들은 선천적으로 타고난 재능에 활화산 같은 열정을 쏟아붓는 것이다.

재능도 없으면서 바쁘다는 핑계로 일주일에 한 번 기타를 만지다 오는 시간이 나에겐 전부였다. 손끝에 굳은살이 생겼다 없어지기도 했으나 부족한 연습량만큼 내기타 실력은 얼어붙은 강물이었다. 그렇게 1년 남짓 왔다 갔다 하다가 슬그머니 꼬리를 내렸다. 핑계겠지만 나와는 맞지 않는다는 생각이 들었다. 야무졌던 꿈은 채고개를 넘지 못하고 막을 내렸다.

비록 도전은 실패로 끝났지만, 그 시간은 내게 잊을 수 없는 맛의 기억을 남겼다. 기타를 배우러 다니던 점심시간에 가끔 단장님이 두부털랭이를 끓여주었다. 머리를 동그랗게 묶은 단장님은 얼굴이 우락부락했고 덩치가 큰 편이었다. 그는 음식 만들기를 즐겨했으며 의외로 섬세했다.

그 큰 손으로 푹 익은 김치를 썰어 넣고 두부를 듬성

듬성 잘라 양념장과 함께 끓여내면 그야말로 기가 막히게 맛있었다. 고추장 한 수저 추가하는 게 자신만의 비법이라며 은밀히 귀띔해 주었고, 대파와 양파를 꼭 넣어야 국물 맛이 시원하다고 했다. 센불에서 끓이다 중불로 줄이면 국물이 튀면서 짜글짜글 맛있는 소리가 났다. 그 소리 때문에 두부 짜글이라는 별칭이 붙었는지 모른다.

흰 쌀밥에 뜨끈한 두부털랭이만 있으면 다른 반찬 없이도 어느새 밥 한 공기가 뚝딱 비워졌다. 먹는 모습을 바라보며 흐뭇해하던 단장님의 표정은 우리가 기타를 칠 때보다 어쩌면 더 행복해 보였다. 가끔은 단장님이 밥장사를 하면 더 잘 어울릴 것 같다는 생각까지 들었다. 음식을 내다주고 무심한 듯 기타를 팅기면 기타리스트가 운영하는 밥집이라는 소문에 문전성시를 이룰지도 모를 일이다.

그때 우리는 기타를 배우러 간 걸까, 단장님의 찌개를 먹으러 간 걸까? 하얀 두부 위에 빨간 양념과 송송 썬 초록색 파가 얹어져 있는 두부털랭이는 추억의 음식이 되었다.

　생각난 김에 두부를 사다 그때 기억을 되살려 열심히 두부털렝이를 끓여 봤다. 가족들은 맛있다고 숟가락질하는데 내 입에 별로인 이유는 무얼까? 아마도 단장님의 손맛이 주는 특별함과 그 시절의 훈훈한 분위기 탓이리라. 밥상도 없이 옹기종기 모여 앉아 밥그릇 하나씩 들고 먹던 두부털렝이. 낙엽 지는 스산한 가을날, 또는 펄펄 눈 내리는 추운 겨울이면 기타 선율과 대결하듯 떠다니던 하얀 김 사이로 찌개 끓는 소리가 나는 것 같다. ↘

이현이

두부털랭이

재료

신김치 반 포기
두부 한 모
양파 반 개
대파 한 개
들기름 2큰술
청양고추 3개
고추장 1큰술
멸치나 동전육수 2개

1. 신김치를 반 포기 정도 먹기 좋게 썰어 냄비에 담아요.

2. 고춧가루, 진간장, 다시다, 설탕 조금, 마늘, 깨소금, 고추장 한 숟가락씩을 넣고 양념장을 만들어요.

3. 두부 한 모를 네모나게 잘라 그 위에 나란히 돌려가며 놓아요.

4. 멸치육수나 동전육수를 넣고 양념장을 골고루 뿌리고 재료가 약간 잠길 정도로 물을 넣어 끓여요. 이때 짜글짜글 끓는 소리가 나야 해요.

5. 어느 정도 끓기 시작하면 불을 줄여 양파를 넣고 조금 더 끓여요.

6. 파를 위에 얹고 들기름을 둘러 마무리 해요.

Tip

매운 음식을 좋아한다면 청양고추 두어 개를 썰어 추가하면 칼칼하니 더 맛있답니다.
스팸을 넣어도 감칠맛이 나요. 아이들은 이 맛을 더 좋아하지요.

배추전
우리 집 답정너 배추전

어느 주말 오후였다. 냉장고에 배추 한 포기가 보였다. 새로운 요리가 하고 싶어 인터넷을 뒤적이다가, 반 포기로 배추찜을 만들었다. 배추를 찌고 그 위에 간장양념장을 부어 먹는 간단한 요리였다. 배추찜을 상에 올렸다. 식탁을 보는 식구들 표정이 싸늘해졌다.

"이게 뭐야?"

"인터넷에서 본 배추찜인데 맛을 보장한대."

어서 먹어 보라는 내 성화에 남편과 첫째 아이는 한입씩 먹고 동시에 인상을 찡그렸다. 두 사람의 표정을 본 둘째 아이는 먹기 싫다며 손도 대지 않았다.

"차라리 배추전을 해 주지."

남편이 투덜댔다. 결국 접시가 내 앞으로 옮겨졌다. 아무도 먹지 않는 배추찜을 밥 대신 먹었다. '해 주면 해 주는 대로 좀 먹지.' 입으로 튀어나올 것 같은 말을 배추찜으로 꾹꾹 눌렀다. 상을 치우고 남은 배추로 배추전을 만들었다.

남편의 유별난 배추전 사랑은 10년 전, 속초 여행부터 시작됐다. 남편은 여행을 다닐 때 꼭 현지 시장을 찾는다. 시장이 주는 생동감과 그곳만의 분위기, 다양한 물건과 먹거리를 좋아하기 때문이다. 가능하면 점심시간에 맞춰 시장에서 파는 음식을 즐긴다. 속초에 여행을 갔을 때도 예외는 아니었다. 시장 안에는 닭강정, 오징어순대, 메밀전병, 메밀전 등 눈길을 끄는 음식이 가득했다. 점심으로 메밀전병과 오징어순대, 메밀전을 주문했다.

"이거 정말 맛있는데!"

남편이 젓가락으로 메밀전을 가리켰다. 그야말로 취향저격. 말 그대로 남편의 입맛을 사로잡은 것이다. 메밀전은 마른 나뭇가지처럼 약간 거무스름한 빛깔이었고, 그 위에 배추 두 장이 올라가 있었다. 간장을 찍어 입에 넣으니, 겉은 바삭하고, 배추는 은근한 단맛과 촉촉함으로 씹을수록 담백하면서 달큼한 풍미가 퍼졌다. 다들 그 맛에 사로잡혀 한 접시를 더 주문했다.

여행에서 돌아온 뒤 남편은 한동안 배추전을 해달라고 했다. 메밀전이 배추전으로 각인된 것이다. 메밀전과 배추전은 이름만 보면 아무런 공통점이 없다. 그런데 왜 남편에게 메밀전은 배추전이 되었을까? 그의 기억 속에서 메밀 반죽은 그저 조연일 뿐, 주인공은 배추였던 모양이다. 강렬했던 배추의 단맛 덕에 메밀전은 그의 기억 속에서 영원한 배추전으로 둔갑했고, 우리 집에 배추전이 등장하게 된 계기가 됐다.

남편과 아이들은 배추전만 해 주면 군말 없이 접시를 싹싹 비운다. 대부분 프라이팬에서 부치는 속도가 먹는 속도를 따라잡지 못한다. 셋이 젓가락을 들고 재촉하는 모습을 보면 살짝 얄밉기도 하다. 그래도 잘 먹는 걸 보면 손이 저절로 빨라진다. 지글지글 기름 냄새가 퍼지

고, 노릇하게 익어가는 배추전을 뒤집으며 가끔 이런 생
각이 든다. 배추찜 하나 잘못했을 뿐인데 우리 집 배추
의 운명은 겉절이, 배추된장국, 배추전 세 가지로 정해
져 버렸다는 것을. 그중에서도 특히 배추전은 백전백승
이다. 이제 더 이상 냉장고 속 배추를 보며 새로운 요리
를 고민하느라 망설이지 않는다. 새로운 요리에 대한 시
도는 실패로 끝났지만, 그 실패 덕분에 정답이 분명해졌
다.

인생도 정답이 있으면 얼마나 좋을까? 어쩌면 정답이
없다는 건, 무엇을 시도해도 괜찮다는 뜻일지도 모른다.
배추찜의 실패가 결국 배추전이라는 확실한 답을 가르
쳐 준 것처럼 말이다. 김이 모락모락 나는 배추전을 향
해 바쁘게 움직이는 식구들의 젓가락질을 보며 깨닫는
다. 인생의 해답은 잘 모르지만, 사랑하는 이들의 배를
불리는 이 단순한 정답만으로도 삶은 충분히 따뜻해질
수 있다는 것을. 나는 오늘도 이 명쾌함 앞에서 기꺼이,
'답이 정해진 너' 배추전을 부친다. ↘ 권혁희

배추전

재료 3~4인분

알배추 1개
튀김가루 1컵(종이컵 1컵 분량)
전분가루 1큰술
간장 1/2큰술
물 1컵
식용유 넉넉하게

양념장

진간장 2큰술, 국간장 1큰술, 참기름 1큰술, 다진파 1큰술,
식초 1큰술, 다진 마늘 1/2큰술, 고춧가루 1/2큰술, 설탕 1/2큰술

1. 알배추는 잎을 한 장씩 떼어내고 식초 1큰술을 넣은 물에 5분 정도 담가 두었다가 흐르는 물에 깨끗이 씻어 물기를 제거해 주세요.

2. 넓은 반죽 그릇에 종이컵 기준으로 튀김가루와 물을 1:1로 넣어주세요.

3. 2의 반죽에 간장 1/2큰술과 전분가루 1큰술을 넣어 함께 잘 섞어주세요.

4. 알배추의 흰 줄기 부분은 두꺼워서 팬에 밀착되기 어렵기 때문에 칼등으로 가볍게 두드려 평평하게 펴주세요.

5. 진간장 2큰술, 국간장 1큰술, 참기름 1큰술, 다진파 1큰술, 식초 1큰술, 다진 마늘 1/2큰술, 고춧가루 1/2큰술, 설탕 1/2큰술을 넣어 양념장을 준비해 주세요. 간이 세면 물 1~2큰술을 추가해 주세요.

6. 달구어진 팬에 식용유를 넉넉하게 두르고 열이 오르면 배추
    한 장씩 앞뒤로 반죽을 입혀 주세요. 한 장씩 부치셔도 되고,
    흰 줄기 부분과 잎사귀 부분이 서로 엇갈리게 3장 정도를
    팬에 올려 부치셔도 좋아요. 초반에는 센불로, 중반부터는
    중불로 익혀주세요.

7. 배추는 익는 속도가 빨라서 잘 지켜보셨다가 뒤집으세요.

8. 노릇하게 구워진 배추전을 먹기 좋은 크기로 잘라 접시에
    담고, 준비한 양념장과 함께 드세요.

> **Tip**
>
> 1. 밀가루나 부침가루를 사용해도 되지만, 튀김가루를 사용하면 더
>   바삭한 식감을 즐길 수 있어요. 메밀가루를 섞어 만드시면 메밀전
>   으로 즐기실 수 있어요.
> 2. 취향에 따라 간장 대신 멸치액젓이나 참치액젓을 넣으면
>   감칠맛이 더해져요.

작은 시골 마을에서 손재주가 남달랐던 엄마는 동네 사람들 한복을 만들기도 하고 결혼식이 있는 집에는 폐백 음식도 도맡아 하셨다. 나는 가끔 생각했다. '엄마가 농사 대신 다른 일을 했다면 엄마 세상이 조금 더 알록달록해지지 않았을까?' 하지만 엄마는 늘 농사일로 바빴다.

엄마의 천재적인 솜씨를 실감하는 날은 단연 추석이었다. 우리 집이 큰집인 탓에 친척들이 오시기에 많은 양의 송편을 빚어야 했는데, 엄마의 솜씨를 도저히 따라잡을 수 없는 우리 삼남매에게 그 시간은 늘 길고 지루했으며 '인내심 테스트'였다. 엄마가 송편을 3~4개를 빚는 동안 우리는 겨우 하나를 완성했다.

"야, 네 건 송편이 아니라 만두잖아!"

"언니야말로 그렇게 빚으면 예쁜 딸 못 낳는다!"

서로 못생겼다느니, 그렇게 하면 모양이 나오지 않는다며 티격태격하기도 했다. 서로 몇 개를 만들었네, 누가 더 예쁜지 따지며 엄마에게 칭찬 한 번 받으려 깔깔거리던 풍경들이 떠오른다.

"예쁘게 만들어야 예쁜 딸을 낳는단다."

엄마는 늘 같은 말씀을 하셨다.

말이 별로 없던 엄마는 진득하게 앉아 송편을 빚는 과정이 곧 성실함을 배우는 자리라고 하셨다. 그때는 어려서 그 말이 와닿지 않았다. 온몸을 비틀고, 누웠다 일어났다를 반복하면서 간신히 만들어 내는 시간이 지루하기만 했다. 하지만 찜기에서 뿜어져 나오는 김과 함께 완성된 송편을 마주하면 힘들었던 시간이 눈 녹듯 사라졌다. 가을이 깊어질수록 송편은 더 예뻐졌다. 멥쌀의 하얀 송편, 단호박 물을 들인 노란 송편, 포도 물을 입힌 보라 송편까지 방바닥 가득 펼쳐진 송편들은 마치 엄마의 팔레트 같았다.

솔잎을 깔고 쪄낸 송편이 참기름을 두른 주걱 끝에서 윤기 나게 채반으로 옮겨질 때, 고소한 향기가 온 집안을 점령했다. 쫄깃한 떡 사이로 톡 터지는 달콤한 콩소와 은은한 솔 향기가 더해서 입안 가득 고소함이 좌르르 번졌다.

추석 때만 되면 송편 만들기에 진심이던 엄마는 그 예쁨이 우리를 닮았다고 했다. 솜씨가 좋아 예쁜 딸들을 낳았다나. 그 말을 들으며 웃기만 했던 우리는, 엄마의 정성과 애정이 들어간 송편을 해마다 먹을 수 있던 것이 얼마나 감사한 일이었는지 나중에야 알게 되었다.

엄마의 '정'은 여기서 끝이 아니었다. 약밥, 호박고지 떡, 영양찰떡 등 두세 가지 떡을 만들어 친척들 손에 한 보따리씩 들려 보냈다. 작은아버지들은 유난히 엄마의 떡을 좋아했다.

"형수님! 이번엔 무슨 떡을 하셨어요?"

그 말을 들을 때마다 엄마는 또 한 봉지의 정을 담았

다.

　한 해 농사로 거둔 소중한 재료를 아낌없이 나누고, 예쁜 송편을 빚어 나누는 시간. 엄마는 그 수고를 기꺼이 기쁨으로 받아들이셨다. 땀과 정을 담아 나눌 수 있어 행복하다는 듯 웃고 있는 주름진 엄마의 얼굴은 반달 모양의 송편을 똑 닮아있었다.

　이제는 붙잡을 수 없는 시간이 흘러 엄마와 함께 송편을 빚던 풍경은 가슴속에 남아있다. 하지만 찬 바람이 불고 가을이 깊어질수록, 나는 여전히 참기름 냄새 진동하던 그 집과 반달처럼 웃던 엄마의 얼굴을 가장 먼저 떠올린다. ↘ 신지현

송편

재료

쌀가루 2kg

물 700ml 정도(뜨거운 물 포함)

단호박 1개

포도 1송이

소금 1작은술

깨소금 30g

녹두 500g

설탕 2큰술

올리고당 혹은 꿀 2큰술

쌀가루 반죽하기(익반죽)

1. 쌀가루는 전분기가 없어서 뜨거운 물을 부어 익반죽해 주어야 합니다.

2. 한꺼번에 물을 많이 붓지 마시고 조금씩 추가해 가며 반죽이 너무 질어지지 않도록 주의해 주세요.

3. 반죽이 매끈하고 찰질 때까지 손으로 충분히 치대 주셔야 합니다.

4. 단호박은 껍질을 제거하고 삶아서 으깨 주어야 합니다. 쌀가루에 으깬 단호박을 넣어 노란빛 반죽을 만듭니다.

5. 포도 한 송이에 물 2컵을 넣어 삶은 뒤, 체에 걸러 포도즙 물을 만들어 주세요. 이 물을 쌀가루에 섞어 보랏빛 반죽을 만듭니다.

녹두소, 깨소금소 준비하기

1. 녹두를 6~8시간 정도 충분히 불린 후, 손으로 비벼 껍질을 깨끗이 벗겨냅니다.

2. 껍질을 걸러낸 깨끗한 녹두를 냄비에 담고 물 1컵을 부어 약한 불에서 은근하게 푹 익혀주세요.

3. 다 익은 녹두에 소금과 설탕으로 기호에 맞게 간을 해 주시면 됩니다.

4. 깨소금에 설탕, 꿀(또는 올리고당)을 넣어 섞어주세요. 이때 물 1큰술을 살짝 더하면 퍽퍽 하지 않고 부드럽게 잘 섞입니다.

송편빚기

1. 반죽을 500원 동전 크기만큼 떼어 손바닥 위에서 동그랗게 굴려주세요.

2. 가운데에 구멍을 내듯 오목하게 파낸 뒤, 준비한 녹두소나 깨소금소를 넉넉히 넣습니다.

3. 다시 동그랗게 오므린 후, 한쪽 면을 엄지와 검지로 살짝 눌러 매만져주면 예쁜 반달 모양 송편이 완성됩니다.

> **송편을 터지지 않게 맛있게 찌는 꿀팁**
>
> 1. 찜기에 물이 팔팔 끓어 김이 오르기 시작할 때 송편을 넣어야 합니다. 찬물일 때부터 넣으면 반죽이 처지고 터질 수 있어요.
> 2. 송편을 찌실 때 찜기에 솔잎을 깔면 향긋한 풍미가 배어들고 떡끼리 달라붙지 않아 더욱 좋습니다.

라디오에서 이용의 '잊혀진 계절'이 흘러나오면 나는 카세트테이프의 녹음 버튼을 누르곤 했다. 가사를 받아 적으려 연신 되감기를 반복하며 노래를 따라 부르던 그 시절, 내 일기장에는 가수 이용에게 보내는 편지가 가득했다. 하지만 그 쓸쓸한 노래 가사는 예언이었을까. 찬 바람이 매섭게 불던 10월의 마지막 밤, 장남인 큰오빠는 군대에 입대했다.

나에게 오빠는 참으로 입체적인(?) 사람이었다. 부모님의 반대를 무릅쓰고 세종대 회화과에 입학한 섬세한 예술가였지만, 시대의 풍랑은 그를 가만두지 않았다. 군

사 독재 시절, 데모 인파에 떠밀려 무심코 손에 쥐게 된 전단지 한 장 때문에 대학에서 퇴학당하고 만 것이다. 최루탄 가스가 눈을 맵게 찌르던 어수선한 시절, 오빠는 화실에서 동고동락하던 친구들과 함께 도망치듯 해병대에 자원입대했다. 새색시처럼 수줍음을 타다가도 한편으론 저돌적이었던 오빠에게, 해병대는 묘하게 어울리는 옷이었다. 그는 미대생의 감각을 살려 군부대 담장에 그림을 그리고 아치를 세우며 그렇게 군 생활을 마쳤다.

제대 후, 오빠는 우리에게 재밌는 먹거리 하나를 선보였다. 중국집 단무지 옆에나 조금씩 놓여 있던 시커먼 '춘장'을 오빠는 늘 "짜장의 생명은 춘장을 제대로 볶는 것과 재료의 크기에 있어"라고 강조했다. 그 말처럼 오빠의 짜장에는 내 엄지손가락 크기만 한 돼지고기가 듬뿍 들어있었고, 포슬포슬한 감자와 아삭한 양파가 완벽한 조화를 이뤘다. 특히 오빠는 물과 전분을 타서 걸쭉하게 만드는 일반 짜장보다, 채소의 수분과 기름만으로 맛을 내는 간짜장을 고집했다. 웍 안에서 춘장이 달달 볶이며 내뿜던 고소한 향기와 '치익' 하는 소리는 냄새보다 먼저 나의 식욕을 자극하곤 했다.

어설프게 면을 뽑는 흉내라도 내는 날이면 집안은 온통 밀가루 천지가 되었다. 강력분으로 면을 뽑아야 한다며 기운차게 손놀림을 해 보지만, 결과물은 늘 굵직한 손가락 가락국수 면에 가까웠다. 그 두툼한 가락국수 면 위에 짜장 소스를 얹어서 먹고, 남은 소스는 뜨끈한 흰 쌀밥에 비벼 먹곤 했다.

하지만 그 투박한 가락국수 짜장 한 그릇에는 세상 어디에도 없는 재미와 웃음, 그리고 정성이 듬뿍 담겨있었다. 외식이 귀했던 우리 집에서, 졸업식 날에도 먹어 보지 못한 짜장면을 오빠는 자신의 적은 수입을 털어 직접 만들어 주었다. 처음엔 그저 재미 삼아 하는 요리인 줄 알았으나, 그것은 오빠만의 즐거운 놀이이자 자신의 재능을 확인받고 싶어 했던 뿌듯한 몸짓이었다.

가끔 짜장면이 생각나면 아들에게 묻는다. "오늘은 뭐 먹고 싶니?" 아들은 망설임 없이 "짜장면"이라고 말한다. 그 대답이 나오기를 기대하고 물은 것이지만. 아들은 중식당에 가는 걸 좋아한다. 엄마표 짜장면이 어설프다는 걸 아들이 나보다 더 잘 알아서 우리는 외식을 한다. 간짜장에 탕수육을 주문한다. 아들도 날 닮았는지 간짜장만을 고집한다.

아들 얼굴에서 가끔은 오빠가 보인다. 아들도 요리하는 것을 좋아하는데, 요리하는 남자에게서 따뜻한 위로를 느끼는 것은 아마도 오빠가 내 삶에 새겨놓은 기억의 무늬 같은 것일지도 모른다. 내게 짜장면은 이제 단순한 한 끼 이상의 의미다. 그 기억의 중심에는 언제나 앞치마를 두른 큰오빠가 서 있다. 주방에 선 오빠의 뒷모습만큼은 세상 그 누구보다 든든했다. 누군가 사무치게 그립고 마음이 허기질 때면, 나는 코끝을 간지럽히던 그 짭조름한 춘장 냄새를 떠올린다. 간짜장을 만날 때마다 '잊혀진 계절'이 다시 찾아온다. 그리운 오빠는 가을바람을 타고 10월 마지막 밤, 나에게 미소 짓는다. ↘ 김경민

짜장면

재료 4인분

돼지고기 600g

춘장 250g

양파 4개

감자 2개

당근 1/2개

양배추 1/4통

중화면 4인분

오이 약간

삶은 메추리알

양념

식용유 1컵, 설탕 3큰술, 굴소스 1큰술, 생강가루 약간

1. 팬에 식용유 1컵과 춘장을 넣고 중불에서 5~10분간 튀기듯 볶습니다. 고소한 향이 나면 춘장만 따로 건져냅니다.

2. 고기 볶는 팬에 춘장 기름을 3~4큰술 두르고 고기를 넣어 센불에서 노릇하게 볶습니다.

3. 이때 생강가루나 미림으로 잡내를 잡습니다.

4. 고기가 어느 정도 익으면 가장 단단한 감자와 당근을 먼저 넣습니다.

5. 감자와 당근이 60% 정도 익으면 양파와 양배추를 넣고 빠르게 볶습니다. 양파가 투명해지기 시작할 때까지 센불을 유지하세요.

6. 볶아둔 춘장과 설탕, 굴소스를 넣고 고루 섞습니다.

7. 면을 쫄깃하게 삶아 물기를 뺀 후, 그 위에 큼직한 고기와 감자, 당근이 어우러진 소스를 듬뿍 얹습니다.

8. 먹기 직전에 오이를 채 썰고 삶은 메추리알을 올립니다.

Tip

1. 감자와 고기 크기를 비슷하게 맞춰 한 숟가락에 재료가 들어오게 하는 것이 좋습니다.
2. 밥이 있다면 남은 소스에 비벼 드세요.

겨울

고모의 화로 김치찌개

추운 겨울에는 가끔 특별한 김치찌개를 끓여 본다. 삼겹살이나 오겹살을 묵은지에 둘둘 말아 냄비에서 뭉근하게 푹 익혀내는 요리다. 식탁 위 하이라이트레인지에서 보글보글 끓여가며 따끈하게 즐기는 것이 포인트. 찬바람이 매서운 날에 이렇게 한 끼 먹고 나면 온몸에 열기가 퍼지고 땀방울이 맺히면서 속이 확 풀린다. 육수 맛이 흠뻑 밴 잘 익은 김치 가닥을 찢어서 남편의 밥숟가락에 슬쩍 얹어 주면, "맛있다!"는 감탄사와 함께 행복해하는 표정이 가득하다.

벌써 오랜 세월이 흘렀다. 내가 초등학교에 다니고

고모가 60세쯤이었을 것이다. 친가나 외가 쪽에도 할머니가 없던 내게 고모는 할머니와 같은 존재였다. 고모는 같은 마을에 방 한 칸짜리 오두막에서 혼자 사셨다. 전쟁통에 남편과 아들을 먼저 보낸 충격 때문이었는지 40대 나이에 두 눈의 시력을 잃었다고 했다. 그래서 아버지는 강 건너 살던 누나인 고모를 우리 마을로 모셔 왔다. 가족 중 누군가는 아침저녁 끼니때에 맞춰 직선거리로 백여 미터 떨어진 고모의 오두막집에 다녀와야 했다. 아궁이에 불을 지피다가 불상사가 나지 않도록 지켜봐 드려야 했기 때문이다. 나중에 한쪽 눈이나마 수술받아 시력을 회복했지만 불안한 마음에 여전히 아버지는 자녀 중 한 명을 고모 집에 보냈다. 그즈음 막내인 내가 그 일을 하게 되었다.

이른 아침에 일어나서 고모집에 가야 하는 것이 귀찮게 느껴졌다. 아마도 입도 삐죽 나와 있었을 것이다. 하지만 실상 내가 가서 도와주는 일은 많지 않았다. 고모 집에 도착해 보면 고모는 이미 식사 준비의 반 이상을 해 놓고 나를 기다렸다.

쉴 틈도 없이 행주질을 해댔을 작은 가마솥 뚜껑은 먼지 하나 없이 반질반질 윤이 났고, 그 틈 사이로는 하얀 김이 무럭무럭 피어오르고 있었다. 아궁이 주변 또한 잔가지 하나 보이지 않을 만큼 정갈했다. 수수빗자루로 예닐곱 번은 족히 쓸어냈을 부엌 바닥엔 고모의 부지런함이 배어 있었다. 고모는 나에게 그릇을 씻거나 하는 궂은일은 좀처럼 시키지 않았다. 내가 '진짜' 할 일은 주로 겨울에 생기곤 했는데, 고모와 함께 화로에 붉은 숯불을 담아 조심조심 방으로 옮기는 일이었다.

고모가 상을 펴고 밥과 반찬 등을 놓으면 내가 방으로 옮겼다. 마지막으로 고모가 밥 푸기 바로 전에 밥솥에서 꺼낸 김치찜 양푼을 화로에 놓았다. 밖은 문고리가 손가락에 달라붙는 추위였다. 방안에는 빨간 숯불이 가득히 쌓인 화로 안에서 김치찌개가 자글자글 끓었다. 뜨거운 김치 가닥을 고모가 밥그릇으로 옮기자 침이 꿀꺽 넘어갔다. 고모가 뜨거운 김치 가닥을 손으로 잘게 찢어 내 밥숟가락에 얹어 주기 무섭게 나는 게걸스럽게 받아먹었다. 온몸에서 땀이 나고 콧물까지 흘렀다. "나가서 팽 풀고 와라." 고모의 정겨운 잔소리가 이어졌다. 조카 입에 김치를 넣어주느라 정작 고모는 제대로 못 드신 것 같다.

고모의 화로 김치찌개는 지금까지 내가 먹어 본 것 중 단연 최고의 맛이다. 앞으로도 절대 경험해 보지 못할 거라고 장담한다. 어떻게 그렇게 멋진 맛을 냈을까. 기억나는 것은 돼지비계 덩어리와 밥 뜸 들이기 시작할 때 김치 가닥이 든 양푼을 솥에 넣는 장면뿐이다. 안타깝게도 어느 단계에서 비계를 넣었는지, 어떤 양념을 추가했는지는 기억에서 지워졌다.

남편의 밥숟가락 위에 김치 가닥을 얹어 주는 내 손 위로 고모의 환영이 겹쳐진다. 내 숟가락 위에도 김치를 수북이 얹어 한입 가득 몰아넣는다. 마치 고모가 직접 얹어 준 것처럼 여기며.

"아무리 흉내 내보려 해도 그때 그 맛에 닿기엔 너무 멀어, 고모!" 마음속으로 나직이 읊조려 본다.

그 맛도, 고모도 사무치게 그립다. ↘ 김부선

김치찌개

재료 3인분

돼지 삼겹살 또는 오겹살 400g~600g

김장 김치 1/4포기(큰 포기 기준)

김장 김치 국물 한 컵(120ml) 정도

육수(다시마 2~3조각, 국물용 멸치 반 줌,

말린 양파껍질 두 조각, 말린 파 뿌리 1~2개)

무(가로 세로 1cm 깍뚝썰기한 무) 한 줌

고추장 1스푼

대파 1뿌리

청양고추 1개

양파 반 개(작은 양파는 한 개), 다진 마늘 1스푼, 새우젓 1스푼

소주 1컵, 하이라이트레인지 또는 인덕션

1. 잘 마른 멸치와 다시마, 말린 양파껍질과 말린 파뿌리를 씻어서 적당량의 물을 부어 끓여요. 팔팔 끓으면 불을 끄고 더 우러나도록 그대로 둬요.

2. 김장 김치를 뿌리만 잘라서 가닥째 준비해요.

3. 돼지고기를 비계와 살이 적당히 붙어있게 썰어요. 크기는 너무 얇거나 작지 않게 도톰한 것이 먹을 때 맛도 좋고 식감도 좋아요. 썰어놓은 고기를 소주 한 컵으로 초간단샤워를 시켜 줘요. 소주가 없다면 펄펄 끓는 물로 샤워를 시켜줘도 좋아요. 돼지 비린내 없애는 데 좋은 방법이에요.

4. 김치 가닥의 잎사귀 끝부분부터 시작해서 고기를 한 두 점씩
    넣고 말기 시작하면 한 잎에 4~5점은 들어가요. 말은 고기를
    냄비에 차곡차곡 쌓아줘요.

5. 고기를 채운 냄비에 썰어놓은 무를 넣고 김칫국물과 고추장
    을 푼 육수를 부어 최고 강불에 끓여요. 무를 넣으면 찌개
    국물이 시원하고 개운한 맛이 나요.

6. 냄비가 끓기 시작하면 대파, 양파, 고추를 적당한 크기로
    썰어서 넣어주고 다진 마늘도 넣어줘요. 1~2분 정도 더 강한
    불에서 끓인 다음 중간 불로 줄여서 20여 분을 더 끓여요.

7. 새우젓 1스푼을 넣어 휘저어주고 간을 봐서 감칠맛이 부족
    하다 싶으면 국간장 한 스푼 정도 넣어주고 10분을 더
    끓여요.

8. 식탁에 하이라이트레인지나 인덕션을 준비한 다음 예열해서
    약불 위에 찌개 냄비를 올려놓고 계속 끓이면서 식사하면
    훨씬 맛있어요. 김치찌개에는 항상 흰쌀밥이 잘 어울리겠죠?

"어머니, 못 내려가서 죄송해요."

"뭘 죄송해. 세상이 그런 걸. 금방 괜찮아지겠지."

2020년 코로나로 세상이 단절되는 날들이 이어지다 이듬해 고향 가는 길이 막혔다. 자식 손주들 오길 기다리던 시골 부모님은 괜찮다 하시는데 말씀에는 아쉬움이 느껴졌다. "며늘아가, 올 명절엔 고향 안 오는 게 효도다." 플래카드가 걸릴 만큼 어르신들 많은 고향에 괜히 병을 옮길지 모른다는 걱정으로 사람들이 귀향을 포기했다. 우리 가족도 고민 끝에 가지 않기로 했다.

명절인데 어쩌나, 그때부터 내 고민이 시작되었다.

친정엄마는 한 달 전부터 이불 빨래를 시작으로 차례상과 손님들에게 대접하고 들려 보낼 강정이나 명절날 먹을 음식 준비로 바빴고 시어머니 또한 준비가 많으셨다. 어머니가 만드시던 음식을 다 만들 수는 없고, 어쨌든 명절에 먹을 음식을 내가 만들어야 했다. 마음에 부담이 되었지만 그래도 결혼한 지 20년 넘은 주부 아니던가. 능숙하게는 못해도 흉내라도 내보자는 생각을 했다.

명절에 어머니가 해 주신 음식 중에 해 볼 만한 요리를 생각했다. 잡채는 손이 많이 가지만 '잔치' 하면 떠오르는 음식이라 분위기 내기 좋다. 재료 손질만 끝나면 볶고 섞고 간만 맞추면 된다. 다행스럽게도(?) 전은 가족들이 좋아하지 않으니 생략하고 꽃게탕도 뺐다. 명절마다 먹던 꼬막도 좋지만, 더 특별한 음식이 필요했다. 고민 끝에 아이들이 좋아하는 돼지갈비찜을 메인요리로 정했다.

장을 보는 것부터 일이다. 의정부 시장에 있는 마트에 들러 돼지갈비를 사고 무와 표고버섯, 당근을 샀다. 집에 와 생각하니 고기 재울 때 필요한 배를 빼먹었다.

꼼꼼히 재료를 적고 갔어야 했는데……. 다음 날 배와 다른 것들을 사 와서 요리를 시작했다.

돼지갈비 핏물을 빼고 초벌 삶고 다시 씻고 끓이는 일이 번거롭다. 고기를 삶을 때 월계수 잎을 넣으니 좀 유쾌하지 않은 냄새가 집안에 풍겼다. 그래도 돼지 특유의 잡내를 잡으려면 넣는 것이 좋다는 어머니 말씀이 기억났다. 레시피를 하나하나 확인하며 만드느라 시간이 오래 걸렸지만 다 완성해 상에 올리니 그럴싸하다. 맛을 본 아이들이 할머니 갈비 맛이 난다며 맛있게 먹는다. 다행이다. 꽃게탕이든 갈비든 우리 집은 어머니 맛이 기준이다.

그렇게 우리 집 특별 요리가 탄생했다. 첫 성공 이후 다음 명절에도, 11월 큰아들 생일상에도 갈비찜을 올렸다. 그해 겨울, 내 생일을 빼고 두 번 더 만들었다. 여섯 가족 중 네 명의 생일이 겨울에 있기 때문이다. 물론 돼지 냄새 나는 갈비찜도 있었고 양념이 약해서 맛이 덜할 때도 있었지만 가족들은 잘 먹어주었다.

'연습이 대가를 만든다'는 독일 속담이 있다. 천재도

99%의 노력에 1%의 영감이 더해져야 한다지 않는가. 코로나 덕분에 덤벼본 갈비찜을 다섯 번 연습하니 할만한 요리가 되었다. 어쩔 수 없이 만들어야 했지만, 이제는 가족들 생일상에 올릴 수 있다.

내게 코로나는 위기였지만 또한 기회였다. 어머니만 믿고 해 볼 생각도 하지 않던 돼지갈비찜을 만들었고, 그 자신감에 지금은 꽃게탕도 끓인다. 위기에는 위험과 기회가 함께 있다는 말처럼 맛없을지 걱정되는 마음을 접고 더듬더듬 느리게 도전해서 특별한 날 특별한 요리를 만들 수 있는 능력이 생겼다.

막막해도 자꾸 하면 쉽게 느껴진다. 위기가 닥쳤다면 내 능력치를 키울 기회가 온 것이다. 그러니 하기로 마음먹었다면 못 해도 계속하는 마음이 중요하다.

↘ 정인숙

돼지갈비찜

재료 3~4인분

돼지갈비 1.5~1.6kg, 무 1/4개, 당근 1/2개
표고버섯 5장, 대파 1대, 월계수잎 2장, 물 800ml

돼지고기 데치기
월계수잎 3장, 대파 1대
통마늘 5개, 통후추 8알, 맛술 2큰술

양념장

진간장 120ml, 다진 마늘 2큰술, 다진 파 1컵
맛술 2큰술, 배음료 150ml 또는 배 1/2개, 양파 1/4개
설탕 3큰술 또는 요리당 2큰술, 간생강 1작은술, 참기름 1/2큰술

1. 돼지갈비를 찬물에 2시간 정도 핏물을 빼주세요.
   중간에 물을 한 번 갈아주세요.

2. 핏물을 뺄 동안 재료를 준비해요. 당근과 무는 모서리를
   다듬어요. 그대로 삶으면 으깨진 부분이 많아져요.

3. 표고버섯은 4등분 해요.

4. 대파는 3cm 크기로 큼지막하게 잘라주고 양파와 배는
   믹서로 갈아주세요. 배 음료를 대신 써도 좋아요.

5. 진간장 120ml, 설탕 3큰술, 맛술 2큰술, 다진 마늘 2큰술,
   다진 생강 1작은술, 간양파와 간배를 넣고 양념장을
   만들어요.

6. 냄비에 돼지갈비와 월계수잎 3장, 대파 1대, 통후추 8알,
   통마늘 5개, 맛술 2큰술을 넣고 강불로 10분간 삶아주세요.

7. 삶아진 돼지갈비를 흐르는 물에 씻어 주세요. 뼈의 절단
   부분을 잘 씻어내고 큰 비계는 가위로 잘라내세요.

8.   돼지갈비에 양념장을 부어 월계수잎 2장과 물 800ml를 붓고
      강불로 20분간 끓여주세요.

9.   끓이면서 생기는 거품은 걷어내고 중불로 30분간
      끓여주세요. 국물이 너무 졸아들면 물을 보충해주세요.
      고기 익힘 정도에 따라 물을 보충하고 끓이는 시간을 늘이면
      됩니다. 고기가 타지 않도록 중간중간 저어주세요.

10.   대파를 넣은 후 1분가량 더 끓인 후 참기름 1/2큰술을 넣어
      마무리해요.

Tip

1. 고기가 싱싱하면 핏물을 빼기 위해 오랜 시간 담가두지 않아도 돼요.
2. 데쳐서 손질한 갈비에 양념장을 넣어 냉장고에서 1시간 정도 재운
    후에 끓이면 더 맛있습니다.
3. 생강청이나 생강차를 준비해 두면 생강이 필요한 음식에 쓰기
    좋아요. 생강차를 이용할 때는 설탕량을 줄여요.
4. 국물이 너무 부족하면 물을 조금씩 보충하며 고기를 푹 익혀주세요.
5. 푹 익은 무를 원하시면 강불로 8번에서 중간쯤 넣으면 됩니다.

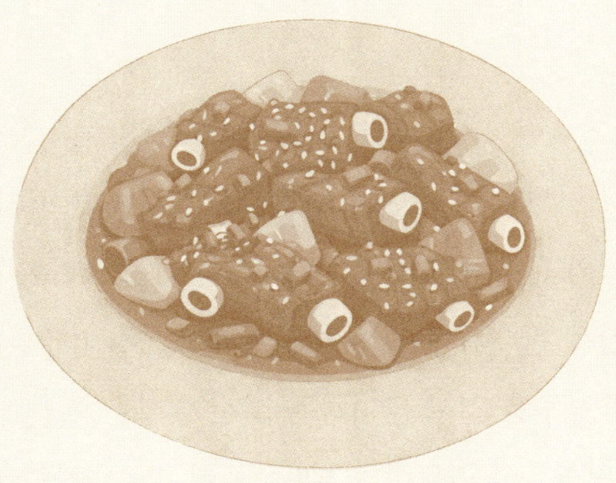

우리 아파트는 20년이 넘었다. 입주 때의 벽지와 진한 밤색의 문틀이 고택 같다. 묵직한 이곳으로 겨울이면 해가 창문 반대쪽에 있는 책꽂이까지 기울어 들어온다. 베란다 창문을 열고 맞이하는 오전 햇살은 겨울을 잊게 한다. 평화롭고 따뜻하다. 내 눈높이 바로 앞에 있는 산은 겨울옷으로 갈아입고 들어오라고 손짓한다. 아파트 현관을 나서면 일 분도 채 안 되어 산길로 들어설 수 있다.

여섯, 넷, 셋. 손주들 나이다. 집에 손주들이 오면 애들을 데리고 앞산에 오른다. 능선을 걸어서 산 정상에 오르면 테미산 정상 표지석이 있다. 작은 산인데 이름이 있다. 철봉과 운동기구들도 있다. 옆 공터에서 가을이면 낙엽을 긁어모으고 겨울이면 눈사람을 만들기도 한다. 먼저 올라가 애들과 놀고 있으면 손주의 엄마 아빠들과 할아버지까지 간식을 가지고 찾아온다.

땅을 밀고 올라온 작은 얼음 기둥들이 있는데 이름을 알 수가 없다. 떼어서 손주들에게 보여준다. 애들을 찾아온 아들에게 물으니 '서릿발'이라 한다. 서릿발이 밤새 온 힘을 다해 무섭게 올라오며 흙까지 들어 올렸지만 애기들 손으로도 쉽게 무너진다. 자연 안에 있을 때마다 손주들에게 나는 자연을 가르친다. 손주들에게 내가 해야 하는 일은 기회 있을 때마다 자연을 가르치고 몸에 좋은 음식을 먹이는 것이라 생각한다.

겨울엔 해가 짧아서 아쉽다. 하루가 너무 빨리 간다. 산에서 나무들 사이로 비치는 저녁 햇살은 날카롭고 눈부시다. 산속에서 해가 지면 금방 어두워진다. 내려가야 한다. 올라갈 땐 작은아이를 챙겨 올라가지만 내려올 때는 큰손주의 손을 잡고 내려온다. 신을 운동화는 있는

지, 유치원에서 친구들과 어떻게 지내는지, 엄마인 며느리 얘기도 에둘러 묻는다. 잠깐이지만 아이와 깊은 대화를 나눈다. 눈 쌓인 산을 내려오면서 누리는 여유다.

마음이 답답할 때면 아이들을 데리고 산에 데리고 올랐다. 오를 때의 고통을 잊게 하는 정상에서의 뿌듯함과 평소에 주지 않던 달콤한 간식들로 아이들 마음이 열려서 마음의 찌꺼기들이 쌓일 틈이 없지 않았나 싶다. 몇 달 전, 의사인 딸이 직장을 옮겨야 하는 어려움이 있을 때, 가장 힘든 날을 보내고 다음 날 아침에 출근하며 문자를 보내왔다.

"회복탄력성이 어마어마하게 큰 사람으로 키워줘서 고마워. 며칠 사이 또 힘들 수도 있지만 괜찮아."

딸은 설악산 대청봉에 여러 번 올랐다. 많은 어려운 날들이 있었지만 꿋꿋할 수 있었던 것은 많은 산을 오르면서 생긴 힘이 아닐까?

앞산에서 내려온 아이들을 씻기는 동안 나는 떡국을 준비한다. 아이들이 오면 떡국을 끓여주려고 소고기 덩어리와 떡집에서 떡도 사다 놨다. 산에 가려고 국물도 어젯밤에 미리 끓였다. 가을에 밭에서 뽑아 심어놓은 파가 겉잎은 시들고 속이 꽉 차 올라왔다. 파를 잔뜩 넣고 끓인 국물에서 고기와 대파를 건지고 떡을 넣으며 새 파를 손가락 크기로 다시 잘라 넣는다. 소고기를 자르고 찢어 국간장과 국물을 살짝 넣어 고명을 만든다. 애기들 먹을 고명을 만들고 후추와 파를 송송 썰어 넣고 어른 고명을 따로 만든다. 햇김을 구워서 김가루도 준비한다. 반찬으로는 잘 익은 달랑무김치와 김장김치면 충분하다.

겨울 산에 다녀와서 먹는 할머니 떡국. 김 묻은 떡을 숟가락으로 푸고 고기와 연두색 파를 올려 먹는 아이들을 본다. 먹여주지 않아도 스스로 잘 먹는다. 대단한 일을 하는 것처럼 씻어 준 김치를 손으로 집어 입을 크게 벌리고 먹는다. 장하다. ↘ 김은경

떡국

재료 4인분

국거리 소고기 400g

떡 2kg

물 3L

양념

대파 6뿌리, 마늘 2큰술, 천일염, 김가루, 국간장

1. 소고기를 찬물에 담가 핏물을 빼요.
2. 물에 대파 5뿌리와 소고기를 넣고 끓여요.
3. 물이 끓으면 중불로 30분 더 끓여요.
4. 고기를 건져 식혀서 먹기 좋게 자르고, 대파를 송송 썰고 국간장, 후추와 무쳐 고명을 만들어요.
5. 떡과 마늘을 넣고 떡이 익을 때까지 끓여 소금으로 간해요.
6. 그릇에 담고 고기 고명을 올리고 김가루를 뿌려요.

Tip

1. 국물을 끓이고 고명을 만들어 놓으면 필요할 때 떡국을 쉽게 끓일 수 있어요.
2. 대파는 많다 싶을 정도로 넣어도 좋아요. 국물이 달아요.
3. 고명을 만들 때 고깃국물을 조금 넣으면 고기가 부드러워요.

별일 아니라고 생각했는데 하루가 버거운 날이 있다. 괜히 마음이 무겁고, 사소한 일에도 뾰족한 송곳처럼 날이 선 채 지쳐버리는 날, 그런 날이면 우리는 자연스럽게 달콤한 것을 찾는다. 혀끝에 닿는 당분보다 먼저 힘든 마음이 그 단맛을 위로로 기억하기 때문이다.

월요일은 유독 마음이 무거웠다. 해결되지 않은 업무와 거래처 전화, 이해할 수 없는 상사의 말들이 종일 머릿속을 맴돌았다. 퇴근길, 마음속 한편이 답답했다. 기분 전환 삼아 평소 마시지 않던 커피믹스를 두 잔이나 연거푸 마셨다. 카페라테 같은 달콤한 맛이 혀끝에 스며들자, 마음이 조금은 누그러지는 듯했다.

저녁 시간, 식탁을 사이에 두고 막내딸과 마주 앉았다. 평소처럼 학교생활이며 옳고 그름에 대해 두런두런 이야기를 나누는 중이었다.

"엄마, 만약에 내가 엄마를 속상하게 하는 행동을 하면 어떨 거 같아?"

"정도가 있겠지만 너무 과하면 안 보고 살아야지. 인연을 끊던가."

농담처럼 얘기했지만, 내 목소리에는 하루 종일 쌓인 감정이 섞여 가시 돋친 말투로 튀어 나갔다.

"왜 그렇게 말하지?"

딸의 표정이 서운함으로 차갑게 굳었다.

찰나의 말들이 오가며 서로의 감정은 점점 고조되어 팽팽하게 맞섰다. 요즘 아이들을 이해하지 못하는 엄마와 자신의 진심을 배려받지 못한 딸, 그렇게 우리는 서로에게 상처를 남기면서 대화가 중단되었다. 30초간 무거운 침묵이 흘렀다. 딸은 마음의 문까지 닫은 것처럼 '쿵' 방문을 닫았다. 가슴이 철렁했다. 좀처럼 화를 잘 내지 않는 딸이었기에 마음의 문이 잠기는 소리처럼 들렸다.

어릴 적, 딸이 울거나 기분이 풀리지 않을 때면 사탕 한 알, 과자 한 봉지로 달래주던 기억이 떠올랐다. 나 역시 힘든 날이면, 달콤한 맛으로 마음을 달래곤 했다. 냉동실을 열었다. 주말에 딸 둘이 함께 만들어 놓은 종이컵 속 딸기사탕이 눈에 들어왔다.

"똑똑! 똑똑! 막내딸, 엄마가 좀 예민했지? 문 열어줄래?" 한껏 부드러운 말투로 건넸다. 아무 대답이 없다.

"냉동실에 너희가 만든 딸기사탕 있더라. 정말 예쁘게 잘 만들어졌네. 같이 먹지 않을래?"

조금은 조심스러웠지만, 딸은 천천히 방문을 열었다.

투명한 설탕 유리 속에 빨갛게 익은 딸기가 마치 보석처럼 영롱하게 갇혀 있었다. 차갑고 단단한 막대 딸기사탕을 입에 물고 굴리는 순간, 시원하고 달콤한 과즙이 입안 가득 퍼졌다. 그 달콤함은 우리 사이의 냉랭한 마음을 봄눈 녹이듯 부드럽게 녹여주었다.

딸기사탕은 엄마와 딸이 서로에게 보내는 화해의 신

호가 되었고 언제 그랬냐는 듯 마음을 정리할 수 있는 시간이 되었다. 며칠 뒤, 학교에 가던 딸에게서 문자 한 통이 왔다.

[엄마, 내 책상에 가봐. 내가 빌린 책인데 엄마도 같이 보면 좋을 것 같아서.]

책상 위에는 딸이 빌려온 책 한 권과 꾹꾹 눌러 쓴 메모 한 장이 놓여 있었다. 자신이 힘들고 고민이 많을 때 큰 위로가 되었던 문장들이라며 페이지 숫자까지 정성스레 적혀 있었다.

말로는 다 하지 못했던 진심이, 그날의 딸기사탕처럼 달콤하고도 단단하게 서로에게 전해졌다. 삶을 견디게 하는 것은 그 어떤 조언보다도 함께 나누어 먹는 온기와 말없이 건네는 다정한 마음이라는 것을. ↘ 신지현

딸기사탕

재료

딸기 2개
종이컵 4개
나무 꼬치 4개
가위
오일
송곳

시럽(종이컵 계량)
설탕 1컵, 물 1/2컵

1. 딸기는 깨끗이 씻은 뒤,
    키친타월로 톡톡 물기 제거해 주세요.

2. 딸기의 꼭지 부분을 자르고 딸기는 납작하게
    삼등분으로 적당한 두께로 썰어주세요.

3. 손질한 딸기를 나무 꼬치에 하나씩 끼워주세요.

4. 종이컵은 가위로 밑부분 2㎝ 정도만 남기고
    윗부분 잘라냅니다. 그런 다음 송곳으로 꼬치 들어갈 만큼만
    작게 구멍을 내주세요.

5. 사탕이 종이컵에 달라붙지 않고 떼어내기 쉽게
    종이컵 안쪽에 오일을 발라 주세요.

6. 구멍을 낸 종이컵에 딸기 꼬치를 끼워 고정해 주세요.

7. 냄비에 설탕과 물을 넣고 보글보글 끓여 시럽을 만든 뒤,
한 김만 식혀서 준비해 주세요.
(이때 젓지 말고 그대로 끓여야 투명한 시럽이 됩니다.)

8. 딸기 꼬치가 끼워진 종이컵 안에 시럽을 조심스럽게
부어줍니다.

9. 실온에서 1시간 정도 충분히 굳혀 주세요.

10. 완전히 굳으면 종이컵을 떼어내어 사탕을 분리합니다.

더 맛있게 즐기는 팁

1. **보관 방법**: 완성된 막대사탕은 냉동실에 넣어 보관해 보세요. 훨씬
시원하고 아삭한 식감과 함께 진한 달콤함을 느끼실 수 있습니다.

2. **주의 사항**: 시럽이 매우 뜨거우니 붓는 과정에서 손을 데지 않도록
꼭 주의해 주세요!

"내가 선물이야!"

결혼 첫해를 빼고 내 생일선물은 늘 남편이었다. 해가 거듭될수록 그 말 한마디로 모든 걸 대신하려는 모습은 주먹을 불끈 쥐게 했다. 마음이 담긴 무언가를 받고 싶었다.

"내 생일선물로 다른 건 필요 없고 밥이랑 미역국 해줘."

부탁은 했지만, 그해도 별다른 기대는 하지 않았다.

생일날 아침엔 눈이 내렸다. 토요일이라 일찍 일어나지 않아도 된다는 사실만으로도 충분히 좋았다. 따뜻한 이불 속에서 꾸물거리고 있는데 남편이 말했다.

"생일 축하해. 오늘은 내가 밥하고 미역국 끓여줄게."

생일선물이 남편이 아니라니! 순간 놀란 마음 위로 기쁨이 차올랐다. 오래 쌓였던 서운함이 한꺼번에 녹아내리는 기분이었다.

남편이 식탁을 차리고 나를 불렀다. 미역국 한 숟가락을 떠 입에 넣는 순간, 눈이 번쩍 떠졌다. 세상에 이런 맛이! 뭉근하게 우러난 깊은 맛에 들기름 특유의 고소함이 감돌았다. 단순히 맛있다기보다는 눈 내리는 아침의 따뜻한 온기와 처음 받아보는 진심이 스며든 맛이었다. 그날 이후, 매년 내 생일에는 남편표 미역국이 올라왔다.

올해 아이들 생일에 남편에게 미역국을 부탁했다. 아침 식탁에서 아이들이 남편의 미역국을 먹더니, 눈이 휘둥그레지며 동시에 외쳤다.

"아빠, 진짜 맛있어요!"

"아빠, 퇴직하면 미역국 가게 해도 되겠어요!"

나도 미역국 장인이라며 엄지손가락을 치켜세웠다.

남편은 손사래를 치면서도 입가에 번지는 미소를 숨기지 못했다.

사실 남편의 미역국은 늘 신기했다. 대단한 기술이 있는 것도 아닌 것 같은데, 맛은 유독 깊고 진했다. '손맛'이라는 게 이런 걸까. 남편에게 무슨 비밀이라도 있는 게 아닐까. 궁금증은 해마다 쌓여갔다.

결국 어젯밤, 참다못해 남편에게 물었다.

"자기는 미역국을 어떻게 만들어? 자세히 좀 알려줘."

"미역을 물에 불리고, 들기름을 넉넉히 두른 뒤 마늘을 볶다가 미역을 넣고 같이 볶아. 그리고 물을 붓고 소금을 한 수저 넣으면 끝."

나는 의심스러운 눈으로 물었다.

"정말? 그게 다야? 그런데 왜 그렇게 맛있어? 들기름은 몇 수저, 마늘은 얼마, 소금은 또 얼만큼 넣는데?"

나는 집요하게 장인의 비밀을 캐물었다.

남편이 큰 결심을 한 듯 잠시 머뭇거리더니, 나지막이 속삭였다.

"그리고 다시다를 한 수저 넣어."

찰나의 침묵이 흘렀다.

"한 수저? 정말 딱 한 수저만 넣으면 돼?"

"…… 두 수저."

결국 미역국 맛의 비밀은 조미료였지만, 나는 실망하지 않았다. 그가 재료를 준비하고, 레시피를 고민하고, 이 비밀을 나에게 털어놓기까지의 정성과 망설임이야말로 진짜 레시피라는 걸 알기 때문이다. 나는 기꺼이 그 다시다 한 수저, 아니 두 수저가 들어간 미역국 장인의 요리를 매년 기다린다. ↘ 권혁희

미역국

재료 4인분

마른미역 2컵

물 2L

들기름 4큰술

국간장 1큰술

다진 마늘 1큰술

소금 1/2큰술

1. 마른미역은 찬물에 담가 15분 정도 불려요.
2. 넉넉한 냄비를 준비해서 들기름 4큰술에 다진 마늘 1큰술을 넣어 볶다가 불린 미역을 넣어요.
3. 미역이 잘 볶아졌으면 물 2L와 국간장 1큰술을 넣어 끓여요.
4. 국물이 진하게 우러나면 소금 1/2큰술을 넣어 간을 맞춰요.
5. 푹 끓여서 대접에 담아요.

Tip

1. 물 대신 멸치육수나 황태육수, 치킨스톡을 이용하셔도 좋아요. 간이 짜질 수 있으니 입맛에 맞춰 소금양을 줄이세요.
2. 맛이 조금 부족하다 싶으면 남편의 레시피처럼 다시다 1큰술 (이라고 쓰고 2큰술)을 넣어요.
3. 미역을 찬물 대신 쌀뜨물로 불리면 더 맛있는 미역국이 돼요.

아버지의 장례를 마치고 돌아온 텅 빈 집, 유품을 정리하다 구석에 놓인 쌀국수 두 박스를 발견했다. 몇 달 전, "요즘은 밥맛도 없고 소화도 안 된다"던 아버지의 힘없는 목소리가 귓가에 쟁쟁했다. 라면만 찾으시는 아버지가 걱정되어, 밀가루보다 소화가 잘 될 거라며 여동생과 고심 끝에 보낸 선물이었다. "고맙다, 잘 먹으마" 하셨던 아버지는 결국 그 박스들을 다 비우지 못한 채 길을 떠나셨다.

구순 넘으신 아버지에게 쌀국수는 너무 가벼웠나 보다. 아버지는 곡기가 아니라 그리움을 씹고 싶으셨던 게 아닐까 싶다. 자식들 다 보내고 혼자 남은 집, 그 적막을 깨 줄 사람의 온기가 그리워 라면이라도 끓여 드시며 누군가 찾아오길 기다리셨던 아버지. 나는 왜 그 허기가 밥 때문이라고만 생각했을까. 아버지는 강인한 분이라고 생각했나 보다. 그 따뜻한 풍경이 되어드리지 못하고 옛날을 그리워하게 만들어 드린 것 같다.

어릴 적 우리 집에서 가장 따뜻한 풍경은 언제나 칼국수가 끓는 날이었다. 부엌 바닥에 낡은 신문지가 깔리면 마치 축제라도 시작된 듯 공기가 들떴다. 할머니는 콩가루 섞은 밀가루에 귀한 달걀을 다섯 개나 깨 넣으셨다. 거친 손마디로 치댄 반죽은 샛노란 덩어리가 되었고, 나무 방망이에 밀려 커다랗게 펼쳐졌다. 그 얇고 넓은 면판을 보고 있으면, 마치 그 위에 눕고 싶을 만큼 보들보들한 담요 같다고 생각하곤 했다. 할머니가 나무 도마에 '톡톡' 칼질을 시작하면 면발이 가지런히 떨어졌고, 한쪽에서는 노란 애호박에 양념을 조물조물 버무리고 기름에 살짝 볶아 놓는다. '척척' 소리를 내며 일정한 간격으로 떨어지던 면발, 그 위로 덧뿌려지던 하얀 밀가루는

엉키지 말고 제 모습을 지키라는 선언이었다. 채 썬 애호박의 초록빛이 봄을 부르는 것 같았고. 그 모든 과정은 정성을 쌓아 올리는 할머니의 방식이었다.

솥 안에서 면이 익으면 할머니는 오목한 그릇에 면을 소복하게 담고 고명을 얹은 뒤 김가루를 뿌리고 참기름을 고소하게 둘러, 늘 첫 대접을 쟁반에 받쳐 들고 말씀하셨다. "이거 아랫방 할머니 댁에 드리고 오너라." 김이 모락모락 나는 그릇을 전하고 돌아오는 길, 고소한 냄새가 온 동네를 채울 때 나는 배웠다. 나눔이란 배를 채우는 일이자, 마음이 오가는 정이라는 것을 말이다.

아버지는 그 칼국수를 세상에서 가장 맛있게 드시던 분이었다. 점잖게 앉아 "어이구, 시원하다" 하시며 국물 한 방울 남기지 않는 모습은 집안을 지탱하는 든든한 기둥 같았다. 특히 우리가 탐냈던 것은 면을 썰고 남은 '꼬투리 반죽'이었다. 못생기고 제멋대로지만 쫄깃했던 그 조각을 두고 젓가락 싸움이 벌어지면, 할머니는 흡족하게 웃으셨고 아버지는 슬쩍 당신 몫 하나를 내 숟가락 위에 얹어 주곤 하셨다.

이제 그 칼국수도, 그것을 누구보다 사랑하던 아버지도 세상에 없다. 나는 칼국수를 잘 먹지 않는다. 누군가 국수를 먹자고 하면 "나 국수 싫어해"라고 매몰차게 거절하곤 한다. 그것은 사실 국수가 싫어서가 아니라, 한 젓가락 넘길 때마다 밀려올 깊은 그리움을 감당할 자신이 없어서 그랬음을 이제야 깨닫는다.

아버지가 입맛 없다며 쌀국수를 드셨던 것은 단순히 배고픔 때문이 아니었을 것이다. 평생 당신을 일 순위로 아끼셨던 할머니의 극진한 사랑과 그 따뜻했던 시절의 온기가 사무치게 그리우셨던 게 아닐까. 아버지는 이제 그토록 그리워하던 할머니의 곁으로 가셨다. 그곳에서는 더 이상 소화 걱정 없이, 할머니가 갓 밀어주신 노란 칼국수를 마음껏 들고 계시리라 믿는다. 아버지가 얹어주신 꼬투리 반죽처럼, 내 마음속에도 아버지가 남긴 사랑의 조각들이 여전히 쫄깃하고도 아릿하게 남아있다.

↘ 김경민

손칼국수

재료 4인분

밀가루 4~5컵

날콩가루 1컵

달걀 5개

식용유 1큰술

고명

애호박 1개

다진 마늘 1큰술

소금 한 꼬집

김가루 약간

참기름 1작은술

깨소금

1. 넓은 그릇에 밀가루와 날콩가루, 소금을 섞고 가운데를 오목하게 만듭니다.

2. 달걀 5개를 한꺼번에 깨 넣고 식용유 1큰술을 더합니다.

3. 반죽은 달걀만으로 치대다가 물을 더 합니다. 많이 치댈수록 찰기가 있습니다.

4. 비닐에 싸서 냉장고에서 1시간 이상 충분히 숙성시킵니다.

5. 물을 넉넉히 붓고 멸치와 다시마 육수를 진하게 우려냅니다.

6. 채 썬 애호박은 미리 소금, 마늘, 참기름에 버무려서 살짝 볶아줍니다.

7. 육수에 면을 넣어 보글보글 끓은 뒤 국수가 투명해지면 불을 끕니다.

8. 그릇에 담은 후 호박 고명을 올리고, 김가루와 깨소금과 참기름을 추가합니다.

Tip

1. 덧가루를 넉넉히 뿌리고 반죽을 얇게 밉니다.
2. 접어서 얇게 썰어낸 뒤, 붙지 않도록 국수를 털어서 밀가루를 뿌려줍니다.

김장철이 되었다. 사람들을 만나면 "김장했어?" 하고 물어보는 게 인사가 되는 계절이다. 요즘에는 김장을 안 하는 사람도 많지만, 나는 김장을 해야 한다는 쪽의 사람이다. 배춧값은 어떤지, 절인 배추의 가격은 어떤지, 배추를 사다 절여야 하나 아니면 나도 올해는 절인 배추를 사서 해 볼까? 마음을 정하지 못하고 하루하루가 지나갔다. 김장해야 한다는 부담감이 점점 심해졌지만, 몸도 편치 않아 자꾸 미루다 마트에 갔다가 얼떨결에 배추를 사 왔다. 김장은 좀 더 생각해 보고 결정하려고 했는데 마트에 가서 배추가 보이자 무심코 사버린 것이다.

할 수 없이 사 온 배추를 절여 놓았다.

나는 내가 날마다 젊은 줄 안다. 이번에도 아무 탈 없이 혼자서도 김장을 잘해 낼 거라고 생각했다. 하지만 마음과 몸이 따로 놀고 있었다. 절여 놓은 배추를 뒤집다가 앉아 있고 무채를 썰다가 또 나도 모르게 의자에 앉아 쉬고 있는 자신을 발견했다. 일을 하는 게 너무 힘들었다. 자꾸 눕고 싶었다. 문득 내일 동네 동생과 점심을 먹자고 한 약속이 생각났다. 내일이면 김장도 끝나고 몸도 괜찮아지겠지 하며 씻어놓은 배추에 물이 빠졌나 확인했다. 점심때가 되어 밥을 조금 먹을까 생각하는 중에 전화가 왔다.

"언니, 왜 안 와?"

"왜? 어딘데?"

"나 지금 30분째 기다리고 있어. 배고파 죽겠어."

"만나는 거 내일 아니었어?"

"무슨 소리야! 오늘 만나자고 했는데."

헉! 다시 문자를 확인해 보니 오늘이었다. 그저께 "언니, 우리 내일 만나 밥 먹을까?" 해서 "좋아!" 해 놓고 오늘 아침, 다시 문자를 확인하면서 그것이 오늘이 아닌 게 다행이라고 생각했다. 어제 온 문자를 오늘 온 것으로 착각했다. 나는 김장을 하던 중이니 갈 수 없었다.

"우리 집으로 올래? 라면이라도 끓여 줄게."

그녀를 집으로 부르고 냉장고를 뒤졌다. 사다 놓은 만두가 남았지만 3개밖에 없었다. '떡을 넣고 만둣국을 끓일까?' 이리저리 생각하다가 문득 잔치국수를 해야겠다고 생각했다. 그것이 내가 할 수 있는 음식 중에 제일 빨리 만들 수 있는 거였다. 그녀가 오기 전에 가스렌지에 물을 올렸다. 국수를 삶을 물과, 육수 만들 물을 동시에 끓이기 시작했다. 금방 초인종 소리가 났다. 문을 열었다. 그녀가 들어왔다.

"어서 와! 정말 미안해!"

"지금 국수를 하고 있으니까 조금만 기다려." 하고 말하니 "언니, 귀찮게 뭐 하러 그래. 그냥 라면이면 되는데." 사실 나는 라면보다 잔치국수가 더 쉽다. 한쪽 끓는 물에 1인분의 국수를 삶았다. 국수가 삶아지는 동안 다른 쪽 끓는 물은 육수를 만들었다. 육수라고 할 것도 없었다. 집에 있던 황태포를 몇 개 넣고 파와 마늘을 넣고 달걀을 한 개 풀었다. 다시 한번 더 끓이고 다시다를 넣고 고춧가루를 조금 풀었다. 그동안 국수는 다 익었다. 작은 채반에 국수를 붓고 찬물로 씻었다. 바로 한 김장 속 무채를 반찬으로 덜어 놓고 냉면 그릇에 국수를 담고 육수를 부어주었다.

"언니, 진짜 맛있어." 맛있다니 다행이다. 그녀가 국수를 먹는 동안 나는 물 빠진 배추를 꺼내 왔다. 그녀와 함께 배춧속을 넣으니 금방 마쳤다. 김장 속이 모자라 절인 배추가 몇 포기 남아 그녀에게 가져가라고 했다. 무도 몇 개 챙겨주었다. 그녀가 가고 병원에 가서 주사를 맞았다. 긴 긴 하루였다. ↘ 유재숙

잔치국수

재료 2인분

중면 2인분
파 반 개
마늘 반 숟가락
황태채 한 줌
달걀 1개
고춧가루 약간

1. 가스레인지 두 곳에 동시에 물을 끓입니다.

2. 물이 끓기 시작하면 한쪽에 국수를 삶습니다.

3. 국수를 삶는 동안 다른 쪽은 육수를 만듭니다.

4. 끓는 물에 황태채를 넣고 끓이다가 마늘을 넣고 끓입니다.

5. 황태채를 넣은 물이 끓기 시작하면 소금, 고춧가루, 파를 넣고 끓이다가 달걀을 하나 풀어 넣습니다.

6. 필요에 따라 다시다 등 조미료를 첨가합니다.

7. 육수가 끓는 동안 말갛게 익은 국수를 찬물에 씻어 물을 뺍니다.

8. 물을 뺀 국수를 예쁜 그릇에 담고 육수를 붓습니다.

9. 김치와 곁들여 먹습니다.

Tip

육수는 집에 있는 다른 재료(버섯이나 해물)를 더 넣어도 좋습니다.

돌담에 매달린 늙은 호박을 볼 때마다 떨어지지 않고 매달려 있는 게 신기했다. 끈질긴 생명의 힘이 느껴졌다. 덩굴이 호박의 무게를 지탱하며 함께 단단해지나 보다.

내가 호박죽을 좋아하게 된 건 언제부터였을까. 어릴 적에는 '호박 풀떼기'라 불리는 떡과 죽의 중간쯤 되는 농도의 호박죽을 먹었다.

호박죽은 불 앞에서 쉬지 않고 저어주어야 한다. 눌어붙지 않도록 신경 써야 하는데, 자칫 한눈을 팔면 타버리기 일쑤다. 구수하고 달큰한 냄새도, 보글보글 끓는 정겨운 소리도 좋았으나 곁을 지키고 서 있는 일은 고된 일이다.

어느 날 전기밥솥의 죽 기능이 눈에 띄었다. 혹시나 하는 마음으로 손질한 호박과 불린 찹쌀 등 모든 재료를 넣고 밥솥에 맡겨보니, 서 있을 필요도 없고 탈 염려도 없어 세상 편한 것 아닌가. 한 시간 반 지나고 "완료되었습니다!" 소리가 나면 한소끔 식힌 뒤 블렌더로 갈아주고 부족한 간은 소금이나 꿀로 맞추면 된다. 이렇게 편한 걸 왜 이제야 알았을까.

주재료인 호박만 있으면 언제든 손쉽게 끓일 수 있게 되자, 내가 활동하는 동아리인 글수다 회원들을 집으로 초대해 호박죽을 먹었다. 그녀들은 칭찬을 아끼지 않았다. 두 번, 세 번 그릇을 내미는 회원도 있었다. 흐뭇했다. 남편과 아이들은 별로 좋아하지 않아 아쉬웠는데 여럿이 함께 먹으니, 맛은 배가 되고 뿌듯함이 물결처럼 일렁였다.

연두색 예쁜 눈을 가진 우리집 고양이 포포도 덩달아 이 사람, 저 사람한테 꼬리를 대보고 누군가의 무릎 위에 사뿐 올라가 앉았다. 포포를 보고 반해서 고양이를 입양한 회원도 있었다.

그 후 모임이 있는 날이면 호박죽을 만들어 갔다. 전날 밤 미리 준비해 놓았다가 아침에 끓여서 가지고 가면 온기가 남아있어 따뜻함을 함께 나눌 수 있다. 귀찮은 마음이 들다가도 호박죽을 좋아하던 그녀들의 얼굴을 떠올리면 또 만들게 된다. 칭찬은 고래도 춤추게 한다지만 내가 왜 이렇게까지 하는 걸까? 이번에는 그냥 가야지 싶다가도 뭔가 허전한 마음이 들고, 그러다 보면 어느새 찹쌀을 씻고 호박껍질을 벗기는 내가 있었다.

귀리를 넣으면 쫀득거리는 식감이 좋고 고구마를 넣으면 영양과 함께 고구마의 부드러운 단맛이 더해진다. 단호박과 늙은 호박을 같이 끓이면 풍미가 깊어진다. 병아리콩이나 옥수수알을 넣어도 좋다. 만들 때마다 재료도 맛도 조금씩 달라진다.

도서관에서 에세이 쓰기 강의를 들은 후 강사님의 제안으로 시작된 동아리 '양주 글수다글쓰기'가 어느덧 9년째 접어든다. 매일 카페에 글을 올리고 한 달에 두 번씩 만나 합평도 하고 책 이야기도 나눈다. 우리는 그날그날의 일상을 글로 남기며 울고, 웃고, 기뻐하고, 아픔을 공유하면서 오랫동안 손을 놓지 않았다.

식구 같은 유대감에 맛있는 게 생기면 같이 먹고 싶은 마음이 자연스레 솟아난다. 이렇게 긴 세월 함께한 우리는 담백하고 뭉근한 호박죽과 닮았다. 깊은맛을 품은 늙은 호박처럼 그녀들과의 우정이 오래오래 든든함으로 남기를. ↘ 이현이

호박죽

재료

늙은호박 1/2개 정도
단호박 1개
찹쌀 종이컵 2컵
귀리 종이컵 1컵
고구마 1개
견과류 1줌
소금, 설탕, 꿀 조금씩

1. 찹쌀을 씻어서 불려요. 귀리도 같이 넣어주면 영양도, 식감도 좋아요.

2. 늙은 호박을 잘라 속을 파내고 껍질을 벗겨요. 단단하면 전자레인지에 3분 정도 돌려요. 껍질이 연해져서 손질이 편해요. 단호박은 속만 비우고 껍질째 잘라요. 껍질에 영양분이 많아요.

3. 고구마도 깨끗이 씻어 껍질째로 잘라줘요.

4. 위 재료를 전기압력밥솥에 모두 넣고 소금 반 스푼, 설탕을 넣고 재료가 잠길 정도로 물을 넣은 다음 죽 기능을 눌러요.

5. 1시간 반 정도 지난 뒤 블렌더로 덩어리를 갈아줘요.

6. 꿀을 추가하고 견과류(호두, 잣, 호박씨, 해바라기씨) 등을 올려요. 싱거우면 소금을 조금 더 추가해요.

7. 시원한 동치미랑 같이 먹으면 맛있어요.

학창 시절, 누군가 좋아하는 숫자를 물어보면 1, 3, 5, 7 홀수를 댔다. 특별한 이유가 있었던 건 아니었다. 그냥 홀수에서 느껴지는 고독함에 끌렸달까. 지금 나에게 누군가 좋아하는 숫자 또는 의미 있는 숫자를 묻는다면 단연코 '4'라고 말할 것이다. 2004년에 남편을 만났고, 이듬해 결혼해서 지금까지 아파트 4층에서 살고 있다. 그리고 4명의 식구가 단란하게 살아가고 있다. 숫자 '4'는 내게 편안함과 안정감을 준다.

가끔은 넷이 둘로 나뉘기도 한다. 아이들이랑 놀이기구를 탈 때나 여행할 때 자리가 그렇고, 성향이나 식성에서도 나뉜다. 남편과 큰아이는 국을 즐겨 먹는 편이 아니다. 하지만 작은아이와 나는 국을 좋아한다. 작은아이는 나보다 한술 더 떠 국이나 찌개가 있어야 식사를 한다. 날이 더울 때는 국이나 찌개를 끓이는 게 힘겨워 건너뛰기도 하지만, 요즘처럼 날이 쌀쌀해지면 내가 먼저 뜨끈한 국물 요리를 찾는다.

작은아이는 내가 끓인 국 중에서 뽀얀 국물이 우러난 황태달걀국을 가장 좋아한다. 국을 좋아하지 않는 남편도 황태달걀국은 참 맛있게 먹는다. 두 사람은 먹을 때마다 다른 건 몰라도 엄마의 황태달걀국은 최고라며 칭찬을 아끼지 않는다. 맛을 내는 비결은 아주 간단하다. 황태를 참기름에 달달 볶아 끓이면 국물이 뽀얗고 감칠맛이 난다. 비교적 조리가 간편한 음식이기에 자주 해 먹지만, 유독 추운 겨울에 생각나는 데는 나름의 사연이 있다.

나는 고등학교를 졸업하고 바로 취업해야만 했다. 아버지가 몹시 편찮으셨기에 다른 선택지는 없었다. 그렇게 대학 진학과 내 꿈은 현실에서 멀어졌다. 사회로

첫발을 내디딘 곳은 식품제조회사였다. 맡은 일은 재미가 없었고 직속 상사와의 관계는 어렵기만 했다. 회사 생활의 어려움을 어디에 하소연할 데도 없었다. 다른 부서 언니들이 막내라고 챙겨주기는 했지만, 속내를 털어놓거나 직장 상사에 대한 불만을 이야기할 수가 없었다.

회사 막내로, 힘들게 하루하루 버티던 날들이었다. 우연한 기회에 나이가 지긋하신 식당 아주머니 두 분과 이야기를 나누게 되었다. 카랑카랑한 목소리로 주방을 울리는 분은 아들 내외 대신 손녀를 키우고 있기에 일을 해야 한다고 하셨고, 목소리가 조곤조곤한 분은 사업에 실패한 아들에게 짐이 될 수 없어 다리는 아프지만 일을 쉴 수 없다고 하셨다. 그러면서 두 분은 똑같이 말씀하셨다. 나이가 들어도 일할 수 있어서 감사하다고 말이다. 삶이 고되지만, 억척스럽게 살아내는 그분들 이야기에 울컥했다. 그동안 내 처지를 비관만 했지, 잘해보려고는 하지 않았다는 생각이 들었다.

나는 힘을 내기로 했다. 추운 날, 점심때 식당으로 향하면 구수한 황탯국 냄새가 훅 다가왔다. 날이 쌀쌀해지면 황태달걀국을 꽤 자주 먹었다. 커다란 솥에서 부글부글 끓는 황태달걀국을 국자로 떠서 밥이랑 먹으면 속이 따뜻해지고 든든해졌다. 그곳에서 몇 계절을 더 보냈다. 오랜 시간이 흘렀지만, 이상하게 그때 먹었던 황태달걀국 맛을 잊을 수가 없었다. 그때 기억을 떠올리며 황태달걀국을 끓여 보지만, 도저히 그 맛이 나지 않았다.

언젠가 남편이 여행길에, 맛있기로 소문난 황탯국 집에 데려간 적이 있었다. 그곳 황탯국은 사골국물처럼 뽀얀 국물에 담백한 맛이 일품이었다. 사회초년생 때 먹었던 황태달걀국하고는 또 다른 맛이었다. 누가 끓이느냐, 어떻게 끓이느냐, 어떤 재료를 쓰느냐에 따라 맛에 차이가 나는 건 당연했다. 그러니 내가 끓이는 황태달걀국은 또 다른 맛일 수밖에 없는 것이다. 더는 그 맛과 비교하지 않기로 했다. 한때 시린 속을 따뜻하고 든든하게 채워준 추억의 맛으로 남겨두기로 했다.

외출했던 가족들이 집에 들어와 식탁에 모여 앉아 밥을 먹으며 이야기를 나눌 때 나는 충만해진다. 하지만 시간이 갈수록 함께 모여 식사하기가 쉽지 않다. 교대

근무자인 남편과 학교에 다니는 아이들은 각자의 시간표에 맞춰 움직인다. 나 역시 일과 공부를 병행하며 하루하루 바쁘게 지내고 있다. 불현듯 그동안 가족들을 살뜰히 챙기지 못한 것 같아 미안해진다. 모처럼 냉동고에 있던 황태를 꺼내 손질한다. 황태달걀국을 끓여서 함께 이야기를 나누며 허기진 속을 든든하게 채우려 한다.

↘ 유정임

황태달걀국

재료

황태 100g

달걀 3개

참기름 1큰술

물 2L

새우젓 1~2큰술

소금

다진 마늘

대파

1. 황태 잔뼈와 불순물을 제거하고 흐르는 물에 씻어 주세요.
2. 황태의 물기를 짜고 먹기 좋은 크기로 잘라주세요.
3. 냄비에 참기름을 두르고 황태를 달달 볶아주세요.
4. 볶은 황태에 물을 붓고 끓여주세요.
5. 떠오르는 거품을 걷어주세요.
6. 황탯국이 끓기 시작하면 새우젓과 마늘을 넣어주세요.
7. 황탯국이 끓으면 풀어놓은 달걀을 넣고 대파도 넣어주세요.
8. 마지막으로 부족한 간을 소금으로 맞추세요.

TIP

1. 황태를 맛술·참기름·들기름에 버무려 볶은 뒤 쌀뜨물을 부어 끓이면 국물이 더 구수해요.
2. 기호에 맞게 간장, 멸치액젓으로 간을 해도 좋아요.
3. 청양고추를 넣어 끓이면 칼칼해요.

"밥 먹자"

평균 주부 경력을 20년씩만 따져도 《우리들의 집밥》 9명 작가의 집밥 횟수는 무려 197,100번이다.

"계량도 안 하고 감으로 대충 만들었는데, 이렇게 쓰려니 잘 안 써져요."

"에이, 그래도 글수다 내공에 주부 내공도 있는데, 잘 쓰시겠죠!"

막상 《우리들의 집밥》 원고를 쓰기 시작하니, 이래서 원고가 안 써지네, 저래서 안 써지네 9명 작가님들 엄살이 이만저만이 아니었다.

집밥 에세이집인데도 불구하고, 레시피에 초점을 맞

취서 요리책 같은 원고도 있었고, 어떤 원고는 이야기에
만 몰빵(?)해서 아뿔싸 레시피에 용량도 없는 원고도 있
었다. 그래도 어떤 원고는 지금 당장이라도 이야기가 눈
앞에 선하고, 읽다 보면 입안에 침이 고여서 그 레시피
대로 나도 집밥 한 상 번듯하게 차려내고 싶기도 했다.

"정하야, 옆에 와서 엄마가 하는 거 보기만 혀. 시집
가서 원 없이 할텡게."

중·고등학생 때쯤이었다. 장사를 했던 우리 집은 늘
저녁이 늦었다. 그래서 다른 집 어머니들은 저녁밥을 해
서 자기 아이들을 불러댈 때 나는 초등학교 4학년쯤부터
밥을 해놓았던 것 같다. 하지만 반찬은 엄마가 하셔야
했는데, 그럴 때면 엄마는 나에게 뭘 하라고 시키지 않
고, 그저 보기만 하라고 하셨다(지금의 나였다면 저녁밥 준
비를 빨리할 수 있도록 아이에게 이것저것 도와달라고 했을 텐데
말이다). 콩나물을 삶을 땐 뚜껑을 열지 말고 기다리고 있
다가 냄새를 맡아야 한다든가, 쌀뜨물을 받아 놓으면 국
이나 찌개를 끓일 때 좋다거나, 밥은 충분히 뜸을 들여

야 맛있다는 등.

"아니, 왜 작가님들 원고는 다 엄마 이야기로 시작해서 이제는 그런 맛이 안 난다 이런 식으로 끝나는 거예요? 새롭게 좀 써주세요!"

원고를 받아본 나는 집밥 얘기를 좀 다채롭게 써달라고 언니뻘 되는 작가님들에게 징징거렸다. 마치 9년 전 도서관에서 열린 글쓰기 수업에서처럼. 그러면서 막상 나도 집밥 이야기를 쓴다면 어떤 이야기를 쓸지 생각해보았다. 더불어 우리 집 아이한테도 엄마의 어떤 요리가 가장 기억나느냐고 물어보았더니, 아이는 내 기억에는 가물가물한 오므라이스라고 답했다.

바쁘다, 바빠 현대 생활에서는 온 가족이 모여 밥 한 끼 먹기가 힘들다. 각자 자기 시간에 맞춰 밥을 먹기도 하고, 1인 가족이 많아지다 보니 가족끼리 밥을 먹는다는 뜻의 '식구'라는 의미도 많이 퇴색했다. 하지만 오늘도 우리들의 집밥은 가족들을 위해 '오늘은 뭘 해 먹지?'

하는 고민에 두 손 가득 무겁게 장을 보고, 추우나 더우
나 불 앞에서 요리하는 우리 작가님들과 같은 어머니들
이 있기에 가능한 이야기가 아닐까 싶다.

　"정하야, 밥 먹어."
　집밥을 해야 하는 나이가 되어서도, 날이 어둑어둑해
지면 어렸을 적 동네 아이들은 흔히 들었을 이 말이 나는
아직 그립다. 그래서 나는 오늘도 밥을 하고 크게 소리
친다.
　"밥 먹자!"
　↘ 이정하

우리들의 집밥

초판 1쇄 발행 ｜ 2026년 3월 31일

지은이　　권혁희, 김경민, 김부선, 김은경, 신지현, 유재숙, 유정임, 이현이, 정인숙
펴낸이　　이정하
표지그림　유재숙
디자인　　정연경

펴낸곳　　스토리닷
주소　　　서울시 서초구 남부순환로297나길 45 301호
전화　　　010-8936-6618
팩스　　　0505-116-6618
ISBN　　　ISBN 979-11-88613-63-2 (03810)

홈페이지　blog.naver.com/storydot
SNS　　　www.facebook.com/storydot12
인스타그램　@storydot
출판등록　2013. 09. 12 제 2013-000162

© 권혁희·김경민·김부선·김은경·신지현·유재숙·유정임·이현이·정인숙, 2026

이 책에 실린 내용 일부나 전부를 다른 곳에 쓰려면
반드시 저작권자와 스토리닷 모두한테서 동의를 받아야 합니다.

스토리닷은 독자 여러분과 함께합니다.
책에 대한 의견이나 출간에 관심 있으신 분은 언제라도 연락주세요.
반갑게 맞이하겠습니다.